Für Janna, die sich von Anfang an
für Kleinhorn eingesetzt hat.
– A.W.

Andi Watson ist ein britischer Cartoonist, Autor und Illustrator. Er war vier Mal für den Eisner Award und zwei Mal für den Harvey Award sowie für eine offizielle Auswahl des Internationalen Comicfestivals von Angoulême nominiert. Er schreibt und illustriert Graphic Novels aus einer Vielzahl von Genres und für verschiedene Altersgruppen. Seine Werke wurden auf Französisch, Spanisch, Italienisch, Polnisch, Deutsch, Portugiesisch und Türkisch übersetzt. Er lebt mit seiner Frau und seiner Tochter in Worcester, England. | www.andiwatson.info

Jan Möller studierte Komparatistik in Bonn und Angewandte Literaturwissenschaft in Berlin. Seit 2007 arbeitet er als Übersetzer und freier Lektor für Belletristik, Kinder- und Jugendbücher.

Arena fun

ANDI WATSON

KESS KLEINHORN

MIT HORN, HERZ UND HELDENMUT

Aus dem Englischen
von Jan Möller

Einst vertrieb eine Elitetruppe heldenhafter Einhörner, die Auserwählten, das Böse in die tiefsten Schatten des Landes Karfunkel.

Damit begann ein Goldenes Zeitalter der Regenbogen und Cupcakes, während das Böse schmollend Rachepläne schmiedete.
Einschloss
Nun ist ein neuer Held den Auserwählten beigetreten.

Kess Kleinhorn ist sein Name.
Trotz seiner Staubwischpflichten nimmt er bei einem Angriff auf Karfunkel sein legendäres Schwert …
… ähm, äh, Muskelzerrer.
Muskelzerrer?

Was für ein blöder Name.
Aber egal.
Mithilfe von Muskelzerrer besiegt Kleinhorn das Böse und beweist: Er ist genauso gut wie die anderen.

Finte, Parade, Attacke.
ZACK

Schluck!
Der Pokal der Truppe fürs Superdupercoolsein.
Kleinhorn?
Uff.
Kleinhorn?
Wo bist du?

Hier bin ich, Chroma.
Was machst du auf dem Boden?
Polieren.
Wie jeden Morgen.
Beeil dich mal lieber.
Wieso?
Wir warten alle auf dich, unten beim Einhorn-helden-Hindernis-Parcours.
Mach hin oder wir müssen ohne dich anfangen.
Mal wieder.
Hab vergessen, dass heute Training ist. Ich komme sofort.
Schnell meine Laufschuhe holen.

KAPITEL EINS
Die Festung des Bösen
Happy Birthday, mein Sohn.

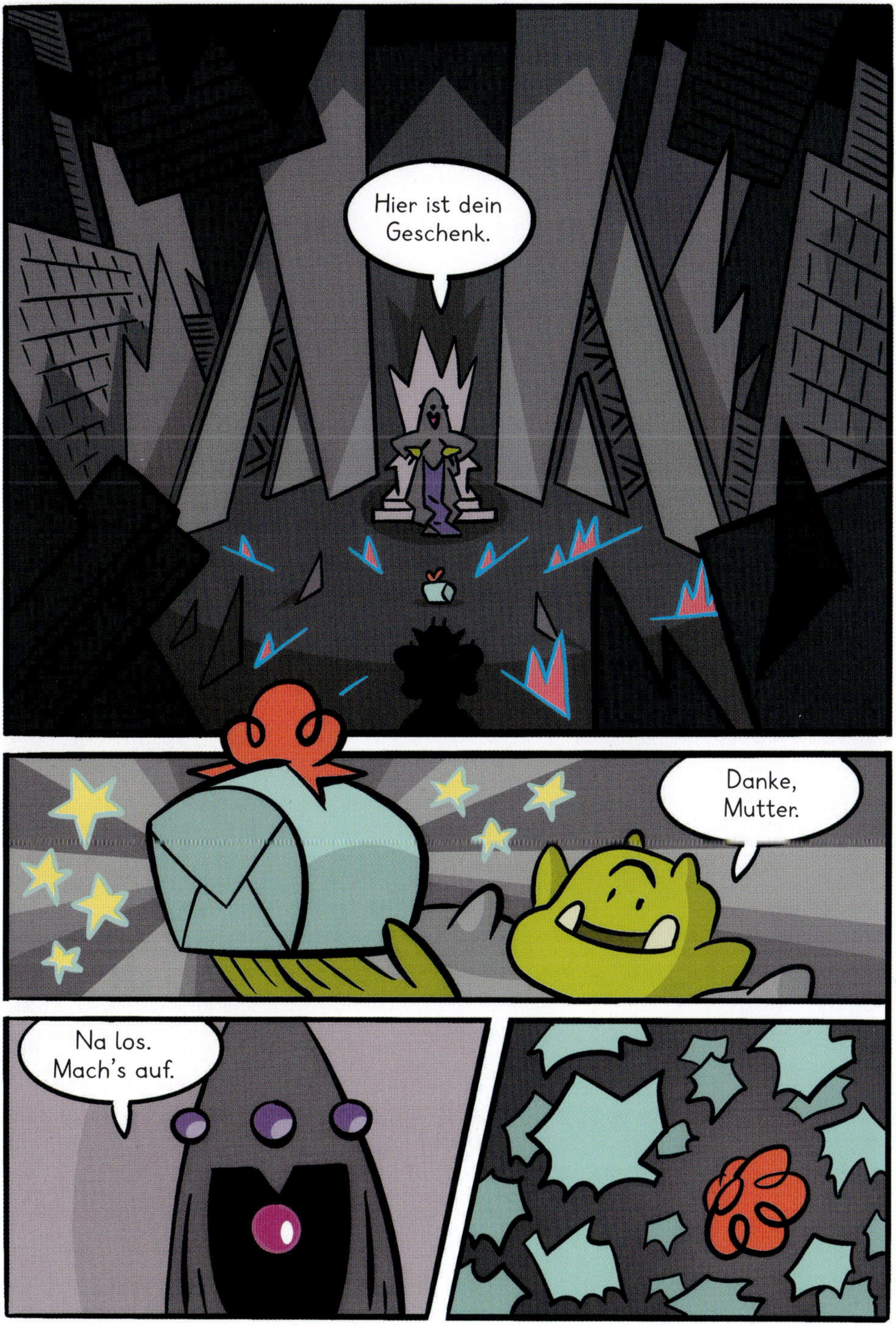
Hier ist dein Geschenk.
Danke, Mutter.
Na los. Mach's auf.

Ohh!
Was ist das?
Etwas, das ich geformt und gestaltet habe, seitdem du geschlüpft bist.
Dein Geburtsrecht und Erbe.
WOW!
Ein Einrad?
Nein, kein Einrad. Etwas viel ...
Mächtigeres.
Ein magisches Einrad?

Es ist kein Einrad, okay? Die sind teuer und gefährlich.
Aber, M...
Ich habe doch nicht Ewigkeiten dieses Geschenk, dein Geburtsrecht und Erbe, geformt und gestaltet, damit du dir auf so einem dummen Einrad den Hals brichst, Sir Oger.
Kapiert?

Ja, Mutter.
Und mal ehrlich, ist diese Truhe etwa groß genug für ein Einrad?
Wenn es ein magisches Ein...
GENUG!
Zeit, dieses kindische Zeug zu vergessen und dein Schicksal als Erbe des Bösen anzunehmen.

Seit dein Vater besiegt wurde, hat Karfunkel weder Krieg noch Hunger und Krankheit erlebt.
Sie sollen den bitteren Geschmack der Niederlage kennen-lernen, und du wirst ihn ihnen bringen.
Ich?
Ja.
Du.
Kommst du nicht mit?
Du bist meinen Lektionen über Plündern, Prügeln, Rauben und Verwüsten doch gefolgt, oder?
Ja, Mutter.
Und ob.
Schluck.

Dann bist du bereit, all das Gelernte im richtigen Leben anzuwenden.
Böse Theorie allein bringt dich nicht weit.
Es geht um die Vollstreckung.
Die Exekution.
Jetzt geh, und denk daran: Selbst gemachte Geschenke sind die besten, weil Liebe drinsteckt.
Selbst gemacht?

Später
Da fehlt noch etwas ...

So ist's besser.

BAMM BAMM
Wer ist da?
Als ob ich's nicht wüsste.

Happy Birthday für mich.
Happy Birthday für mich.
Happy Birthday für miii-ich.
Hier ist dein Geschenk, Bruder.
Bitte sing nicht mehr.
Oooh.
Was ist es?
Mach's auf, und find's raus.
Hä?
Was ist das, Sichelfix?
Wonach sieht's denn aus?

Es ist ein Buch.
Lies es. Vielleicht lernst du was.
Siehst du das?
Alles voll.
Wenn ich noch mehr lerne, explodiert mein Kopf.
TOCK TOCK
Es wird dich auf neue Ideen bringen. Daran wächst deine Persönlichkeit.
Bin ich nicht schon groß genug?
Und Mutter? Was hat sie dir geschenkt?
Weiß nich.
Irgendwas Selbstgemachtes.
Selbst gemacht?
Zeig mal her.

KAPITEL ZWEI
Einhornhelden-Hindernis-Parcours
Hopp, Truppe, hopp.

Formation beibehalten.
ATTACKE!
ZACK

Kurz darauf
Gute Arbeit, Truppe.
Ein netter kleiner Galopp.
Wir sind höchstens in Gefahr, zu tapfer, magisch und fabelhaft zu werden.
Hia. Hia.
Hia.
Hia. Hia.
Hat jemand Kleinhorn gesehen?

Bin ...
... direkt ...
... hinter ...
... euch.
Umpf
Umpf
Ich bin gleich
... auch da.

Du schaffst das, Kleinhorn.
Nmpf
WUSCH
Oh, oh.
KLATSCH
Wie lange warten wir noch auf ihn?
WAH.

KAPITEL DREI
Die Festung des Bösen
Die Anleitung ist ziemlich simpel.
»Von Hand waschen.«
»Nicht bügeln.«
Ah, hier steht's.
»Handschuhe des ultimativen Triumphs auf Hände stecken.«
Kniet vor eurem Eroberer, zitternde Würmer!
Sind das …
Fäustlinge?

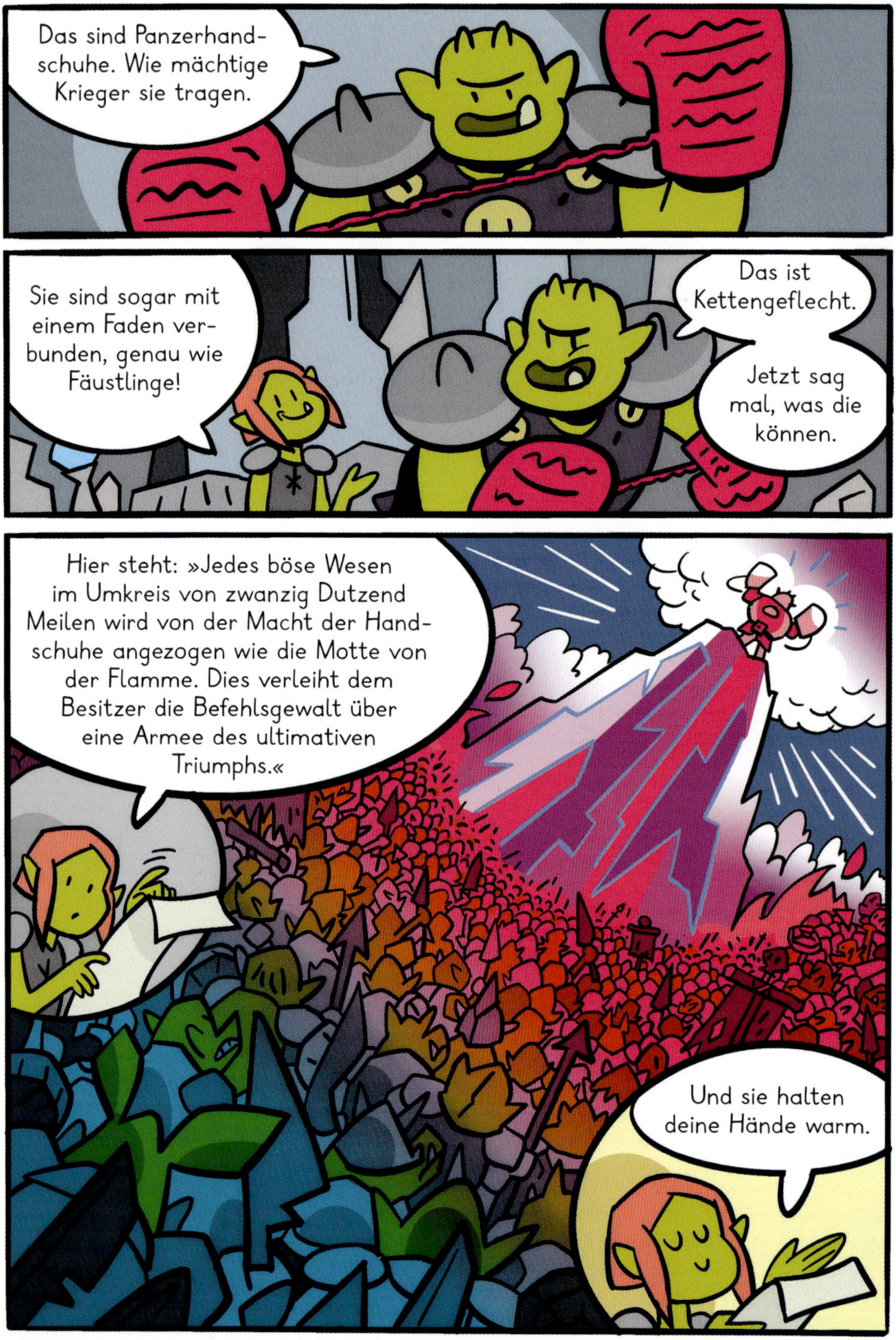
Das sind Panzerhandschuhe. Wie mächtige Krieger sie tragen.
Sie sind sogar mit einem Faden verbunden, genau wie Fäustlinge!
Das ist Kettengeflecht.
Jetzt sag mal, was die können.
Hier steht: »Jedes böse Wesen im Umkreis von zwanzig Dutzend Meilen wird von der Macht der Handschuhe angezogen wie die Motte von der Flamme. Dies verleiht dem Besitzer die Befehlsgewalt über eine Armee des ultimativen Triumphs.«
Und sie halten deine Hände warm.

»Außerdem erlauben sie dem Träger die Beherrschung des mystischen Himmelsfeuers.«
Was bedeutet das jetzt?
Du kannst alle herumkommandieren und Blitze auf sie schießen.
Coool!
Da steht etwas im Kleingedruckten über die einzige bekannte Schwäch...
Wurde auch Zeit, dass ich meine eigene Armee bekomme.
Warum hat Mutter dir ein so mächtiges Geschenk anvertraut?
Weil ich Geburtstag habe.
Weil ich der Älteste bin.
Weil ich ein Junge bin.
Und weil ich ein Sir bin!

Dein Vorname ist Sir.
Du bist nicht wirklich ein Sir.
Willst du bei meinem ultimativen Triumph dabei sein oder nicht?
Nicht?
Gut.
Dann erobere ich Karfunkel alleine.
Na schön.
Ich bin dabei.
Ich wusste, dass wir uns einig werden.
Mutter dreht durch, wenn du wie unser Vater besiegt wirst.
Was sagst du?

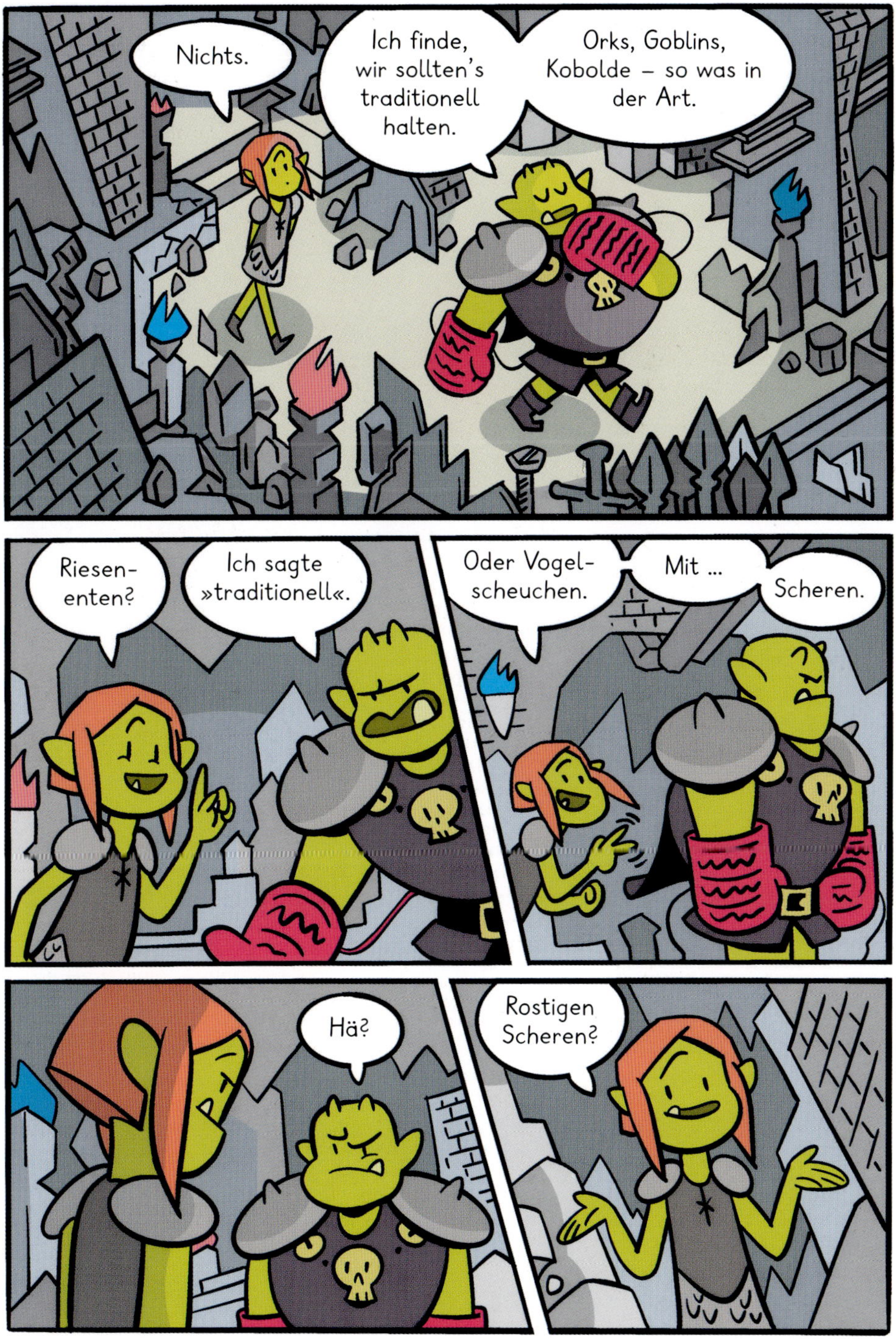

Nichts.
Ich finde, wir sollten's traditionell halten.
Orks, Goblins, Kobolde – so was in der Art.
Riesen-enten?
Ich sagte »traditionell«.
Oder Vogel-scheuchen.
Mit ...
Scheren.
Hä?
Rostigen Scheren?

Ooh, fies.
Ja, die nehm ich.
Na, mach schon.
Husch.
Hol mir meine Armee.
Ich trage nicht die Fäust...
Panzerhand-schuhe.
... Panzer-handschuhe.

Ach ja.
Kommt in meine Armee!

Aber ich bin doch auch Teil der Truppe?
Und deshalb vertrauen wir dir die Bewachung von Einschloss an.
Bitte lasst mich mitkommen. Ich zeig euch, dass ich ein Teil des Teams sein kann.
Du bekämpfst das Böse!
Oh, danke. Ich werd euch nicht enttäuschen, versprochen.
Das Böse von Schmutz, Schmier und dem ekelhaften Schleim, der sich im Sehenden Teich ausbreitet.

Es gibt da eine Liste dringend nötiger Hausarbeiten.
Und der Teich ist die erste.
Viel Spaß …
… ohne mich.
Seufz.
Verlassen, um allein das Schloss zu hüten.

Warte mal.
Was, wenn das Böse angreift?
Dann stehe ich allein gegen die Horden.
Wenn ich gewinne, muss die Truppe mich zum Wilden Wiesengrund mitnehmen.
Na los, Böses, versuch's doch!

KAPITEL FÜNF

Orks, Waldschrate, Teufelchen?
Japp, japp, japp.
Armee bereit zum Sieg.
Schau mal.
Mit meinen genialen Leitern und Flaschenzügen kommen wir über ihre undurchdringlichen Wälle.
Wir müssen nicht drüber.
Sondern durch.
Du machst am liebsten immer alles kaputt, oder?
Alles sieht besser aus, wenn es brennt.

ATTACKE!
?
Warum kämpfen sie jetzt gegeneinander?
Wenn du ihnen kein Ziel nennst, prügeln sie auf das Nächst-beste ein.
Muss ich denn alles selber machen?

Den Wall, ihr Deppen.
Zerstört.
Den.
Wall.
Gib mir Bescheid, wenn er zertrümmert ist.
Ich glaube, du verstehst nicht, was »undurch-dringlich« heißt.
Bald darauf
Das hat aber gedauert.
Lies mir den Bericht vor, ich plane gerade meine Invasion.
Unsere Armee hat die Wälle ange-griffen, wie von dir befohlen.

Ja, ja.
Lies nur den Teil von der Zerstörung.
»Jeder unserer Angriffe wurde abgewehrt.
Der Wall steht noch, und dank ihrer erstklassigen Abwehr ist eine unserer Divisionen nun futsch.«
Futsch?
Besiegt. Hat heulend das Schlachtfeld verlassen.
Was nützen Handschuhe des ultimativen Triumphs, wenn sie eine Armee aus Verlierern anführen?
Wir haben noch meine genialen Leitern und Züge

Arghhh.
Der Wall bricht!
War ich das?

KAPITEL SECHS
Nehmt das, böse Algen.
Woh-oh.

Uff.
Blubber
Hilfe!
Blubb
Eine Nachricht!
Vielleicht soll ich die Truppe ja doch noch begleiten!
Angriff an der Grenz...
Schutzwall ...
blubb ...
zerstört.
Vom Bösen überrannt ...
Enten ...
... Sir Ogers Armee.
... so viele Schwärme von Riesenenten.
Bitte, Auserwählte! Nur ihr könnt helfen.

Das war gar nicht die Truppe.
Eine Armee greift an.
Sir Oger.
Riesen-enten!
Riesen-enten?
Was mach ich nur?
Was mach ich nur?
Ich hol die Truppe.
Dafür ist keine Zeit.
Warte.
Sehender Teich, verbinde mich mit der Truppe.
Wiii-uuu wuuu-iii
Keine Verbindung.

Denk nach, Kleinhorn.
Karfunkel braucht dich jetzt.
Ich hab's. Der Rat der Zauberer wird helfen!
Teich, ruf die Zauberer an.
Hallo?
Hier spricht Kess Kleinhorn.
Ich will die Truppe erreichen, aber ...
Igitt.
Ach, was soll's. Es geht schneller, wenn ich hinlaufe.

KAPITEL SIEBEN
Was gibt's Neues, Schwester?
Unsere Armee strömt durch die Lücke in ihrem Schutz-wall und fällt in Karfunkel ein.
Und was tut mein Heer dort?
Es verbreitet Chaos und Leid.

Ist das alles?
Wieso? Sie folgen genau deinen Befehlen.
Das ist das Problem mit Untergebenen. Kein Ehrgeiz.
Ich dagegen habe Ziele.
Karfunkel nicht nur zu beherrschen, sondern auf ewig umzuformen.
Schön, dass du das erwähnst: Ich habe schon eine Wunschliste mit Projekten aufgestellt.
Hä?

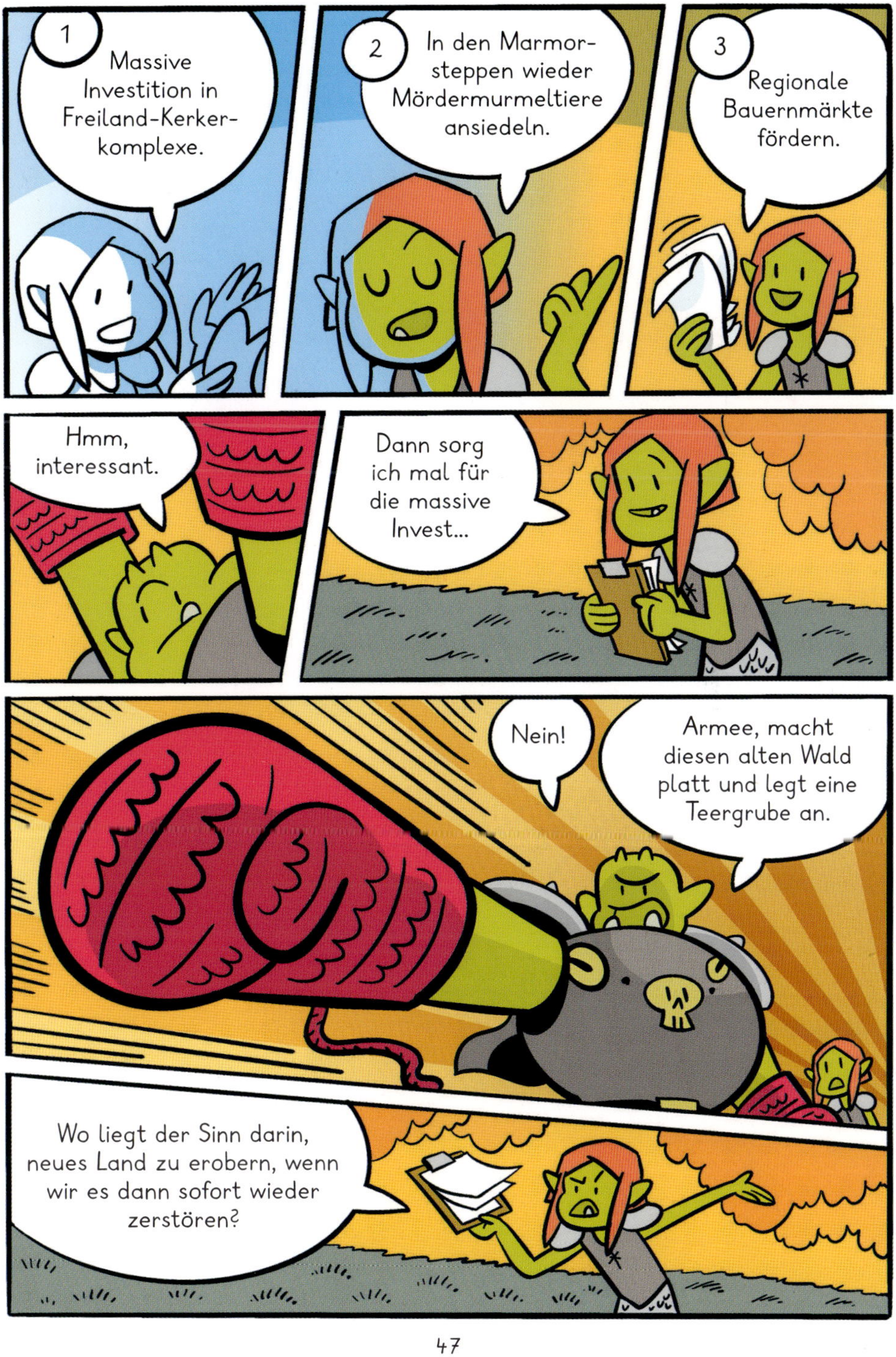
1
Massive Investition in Freiland-Kerker-komplexe.
2
In den Marmor-steppen wieder Mördermurmeltiere ansiedeln.
3
Regionale Bauernmärkte fördern.
Hmm, interessant.
Dann sorg ich mal für die massive Invest...
Nein!
Armee, macht diesen alten Wald platt und legt eine Teergrube an.
Wo liegt der Sinn darin, neues Land zu erobern, wenn wir es dann sofort wieder zerstören?

Es macht Spaß, alles Schöne unter meinem Absatz zu zerquetschen, bis es ein matschiger Fleck ist.
Und dann zur Sicherheit weiter daraufzu-stampfen.
Umpf.
Armee, ich befehle euch, giftige Müllberge zu verbrennen, alle Teiche zu verschmutzen und überall stinkende Wildblumen zu säen.
Die Leute in Karfunkel werden den schlimmsten Heuschnupfen bekommen.
Hah ha har.

Heuschnupfen?
Das ist dein Ziel?
In dieser Familie trage ich die Handschuhe, und Karfunkel wird nach meinem Vorbild umgestaltet.
Nicht deinem.
Dein Gesicht sieht echt wie ein Schlachtfeld aus.
Danke sehr.
Ich brauch mal ein Nickerchen.
So böse zu sein, ist ermüdend.
Was ist mit den Einhörnern?
Was soll sein?
Die Auserwählten tauchen oft ohne Vorwarnung auf und besiegen das Böse.
Das würde deine Pläne ruinieren, alles zu ruinieren.

Such den Stall, wo sich diese vierbeinigen Weltverbesserer verstecken, und gib mir Bescheid.
Bevor sie ihre Hufeisen anziehen können, treffe ich sie mit einem Blitzschlag.
Jawoll, »Sir«.
Bald darauf
Da ist Einschloss.
Wohin läuft dieses Einhorn so eilig?
Das sollten wir besser herausfinden.

KAPITEL ACHT
Nachrichten ... schreckliche ... Nachrichten.
Schutzwall ... kaputt.
Einfallende ... Armee.
Sir ... Oger.

Hallo, ich bin Hax Pax Max, oberster Graubart im Rat der Zauberer.
Du kannst mich Maxine nennen.
Und du bist?

Ich bin Kleinhorn und bringe schlechte Nachrichten.
Sir Oger hat …
Keine Panik, Kleinhorn.
Wäre Karfunkel in Gefahr, hätten wir *schlürf* es als Erste gehört.
Wir haben einen tragbaren Sehenden Teich und …
… wo ist er?
ZZZZZZ
Schnarchzzz
Wie oft muss ich es noch sagen, Le Thargisch?
Der Sehende Teich ist nicht dein Fußbad!
Das erklärt einiges.
Siehst du, wenn wir etwas gehört …

Schreckliche Nach-richten.
Wall kaputt.
Einfallende Armee.
Sir Oger.
Panik!
Untergang!
Oh.
Oh.
Die Truppe verfeinert ihre Böses-besiegen-Technik im Wilden Wiesengrund.
Der Wilde Wiesengrund ist auf keiner Karte von Karfunkel.
Wie soll ich sie dann zurückholen, damit sie uns retten?

Zeit für Plan B.
IM NOTFALL EIN-SCHLAGEN
KLIRR
»Sollte die Truppe jemals außer Betrieb sein, beschützt der Rat Karfunkel mit …
seinem Leben.«
Mit euren Leben? Ihr müsst die mutigsten Helden in ganz Karfunkel sein.
ZZZZ

Ich würde ja helfen, aber ich bin so empfindlich.
Ich friere schnell.
Ich bin ein Morgenmuffel.
Und du?
Juckende Ellbogen.
Dieses Attest befreit mich davon, Karfunkel retten zu müssen.
Hier.
Von Mama.
XOXO
Dann bleibe nur ich?
Ich bin hier das einzige Mitglied der Truppe.
Ich muss das Böse bekämpfen.
Du?

Oder gibt es noch andere Freiwillige?
Im Register der Auserwählten finde ich deinen Namen nicht.
Darfst du überhaupt Missionen übernehmen?
Lies weiter.
Lies weiter.
Da drüber.
Bist du ein Junior-mitglied?
Truppen-Maskott-chen?
Ach, da bist du ja.
Kadetten-schüler Kleinhorn.
Nun ja, da es keine andere Wahl gibt.
Wir ernennen dich hiermit zum Letzt-Auserwählten.

Kriege ich ein Diplom oder so?
Keine Zeit.
Startet die Präsentation.
Hör gut zu, ich erkläre dir deine Mission.
Licht.
Teil eins:
Geh zum Mystischen Orkakel, es wird dich beraten.
RZ
OFFIZIELLE PROPHEZEIUNG ©
KLARER SEE
N?

Klarer See.
Teil zwei:
Reise durch Karfunkel und gründe einen Heldenbund.
Dazu gehört ein Anführer.
BUND
(NOCH ZU GRÜNDEN)
Ein Tapferer Gefährte.
e = mc²
MILCH
EIER
TEE
T.G.
RZ
OFFIZIELLE PROPHEZEIUN
Heldenbund … Tapferer Gefährte.
Ich sollte das aufschreiben.
Und ein Elementar.
Was ist ein Elementar?
E
Ein Wesen, das eng mit einem der Vier Noblen Elemente verbunden ist.
Ha!
Nach meiner Recherche sind Elementare komplexer als überholte Ideen von »noblen« Elementen.
E

Es schadet auch nie, den Segen eines Glückskinds zu erhalten.
Sind wir noch bei Teil zwei? Weil ...
Teil drei:
Hol dir von Graulings Anhöhe einen magischen Gegenstand zu Hilfe.
Teil vier: Das Böse besiegen etc. etc.
HELDENBUND
K + T.G.+E
Licht.
Hier, dein Magie-Gutschein.
»Zur Ausrüstung eines Heldenbundes (siehe Bedingungen).«
RZ
OFFIZIELLE
Mein erster Magie-Gutschein.
Danke.
Du warst eine große Hilfe.
Ich kann dir nicht genug danken.
Deine sogenannte Recherche hat mehr Lücken, als Cyths Sieb Löcher hat.

Sagt wer?
Sag ich.
Und sie.
Lasst mich da raus.
Und weißt du, was?
Was?
Du erkennst gute Recherche nicht mal, wenn sie dir ins Auge sticht.
Ähm ... ich geh dann mal besser.
Ich stech DIR ins Auge.
Tust du nicht.
Doch!
Nein!

Orkakel, Heldenbund, Tapferer Elementar.
Genug gehört.
Hört auf, ihr zwei.
Er hat angefan-gen!
Los geht's.
Folge diesem Kleinhorn.
Ich meine: Tapferer Gefährte, dann Elementar.

KAPITEL NEUN
Ich kann kaum glauben, dass ich zu meiner ersten Mission aufbreche.
Heute Morgen habe ich noch Pokale poliert, und jetzt werde ich Karfunkel retten.

WILLKOMMEN, AUSERWÄHLTER!
Die Truppe wird so stolz sein, wenn ich zurück-komme.

Diese Stadt liegt auf dem Weg zum Orkakel.
Mal sehen, ob hier irgendwelche Helden meinem Bund beitreten.
Bauern-markt.
Zumba-Kurs.
Smoothie-Service.
Fluch-Aufhebung.
Aber keine Helden-Anzeige.
Vielleicht sollte ich mich umhören.

Entschuldigung. Können Sie mir sagen, wo ich hier die besten Helden finde?
In dieser Gegend findest du keine Helden, kleines Pferd.
Die sind dank der Auserwählten alle schon im Ruhestand.
Wozu könnte ein Kerl wie du überhaupt Helden brauchen?
Ich will Karfunkel retten und …
Du?
Hah ha hah har.
Ah hah hah har.
Tut mir leid, *ho ho*. Es ist bloß so, *hah har*, witzig.

Seht mal, Leute, wir haben hier einen Helden, der Karfunkel retten wird.
Hi.
Der?
Dieses Fohlen?
Hah har.
Hier, kleines Pony, kauf dir ein Kurzschwert.
TING
Ein sehr kurzes Schwert.
HA
HAH
HAR

HA
Die wollten mich sicher ermutigen, und es kam bloß falsch rüber.
Bitte sehr, der Herr.
Ah!
Das Geld lag für dich auf dem Boden.
Du kannst es haben, wenn du mir sagst, wo es zum Orkakel geht.
Echt?
Vielen Dank!
Folge einfach den Wegweisern zum Klaren See.
KLARER SEE
Viel Glück!
Ob das jetzt der Segen eines Glückskinds war?

Unterdessen
Halt hier mal an.
DAS ORAKEL DES KLAREN SEES
Wenn ich eins aus den ...
DAS ORAKEL DES KLAREN SEES
ächz
... Sagen gelernt habe, dann ist es:
Gib mutigen Außenseitern keine Chance!
DAS KLA
Versteck dich dort, bis ich zurück bin.
Quak.
Und nicht quaken.

Bald darauf
Ich sehe keine Wegweiser mehr zum See.
Ob ich falsch abgebogen bin?
Oh, Kleinhorn, bist du's?
Ja, ich bin Kleinhorn, aber wer bist du?
Ich bin Felicitas Tugend, Wächterin über die Nebensächlichen Gebiete.
Was für Gebiete?
Keine Zeit für Erklärungen. Der Rat der Zauberer schickt mich.
Das Orkakel wurde evakuiert!

Oh nein!
Irgendeine Schwermetall-Verschmutzung im Fluss.
Bestimmt war es die Schuld der unaufhaltsamen Armee der Eroberer.
Wo ist das Orkakel jetzt?
Es soll mich bei meiner Mission beraten.
Du musst nur hier durch die Wiese, um zu Graulings Anhöhe zu gelangen.
Dann geh ich mal besser.
Kommst du mit mir?
Geht nicht. Die Nebensächlichen Gebiete benötigen meine Hilfe.
Gute Reise und viel Glück.
Dir auch.
Du brauchst es.

KAPITEL ZEHN
Felicitas meinte, Graulings Anhöhe wäre auf der anderen Seite der Wiese.
Ich habe noch nie so viele stinkende Wildblumen gesehen.
HA-TSCHI
Ist da jemand?

Hilfe!
Hier drüben ... TSCHI
Ein Drache!
Ich seh SCHNIEF dich nicht.
Und ich finde nicht hinaus!
Bleib da.
Ich komme zu dir.
Kleinhorn eilt zu Hilfe!

Wah!
Woh-oh-ohhh.
Uff.
Du hast da was am Kopf.
Bist du verletzt?
Nein, nur verschnupft.

Danke für ⁼HA-TSCHI⁼ die Rettung.
Ich habe Allergien, und diese ⁼SCHNIEF⁼ Blumen lösen sie richtig aus.
Warum hast du dich nicht mit Drachenfeuer gewehrt?
Wie bitte? ⁼SCHNIEF⁼
Flammen gespuckt. Das machen Drachen doch?
Ach so, natürlich.
Wärst du etwas später gekommen, stünde jetzt die ganze Wiese in Flammen.
WUUUSCH!
Wow, die ganze Wiese?
Ist ja unglaublich!
Tja, so was machen wir Drachen eben.

Ich muss weiter. Um Karfunkel zu retten.
Bist du etwa ein Auserwähl-ter?
Alle Einhörner sind das, aber dies ist meine erste Solo-Mission.
Wie du den schrecklichen Wild-blumen getrotzt hast, war genial.
Du bist ein Held – weißt du das?
Wie heißt du?
Ich bin übrigens Schnauf.
Freut mich sehr, Schnauf.
Ich bin Kleinhorn und froh, dass ich helfen konnte.
Hör mal, könnte ich wohl mit dir kommen?
Vielleicht gibt es hier noch mehr schädliche Blüten.

Aber da, wo ich hingehe, ist Tödliche Gefahr.
Ich komm einfach mit bis Leichtes Risiko.
Das liegt auf meinem Weg.
Ich freue mich über die Gesellschaft.
Werden die Blumen dir die Reise erschweren?
Ach, geht schon. Hauptsache, da ist kein Staub.
Oder Pollen.
Rauch …
… Federn …
… Milben …
… Fell …

KAPITEL ELF
Hier ist es.
Bring uns dorthin.
MAGISCHE MÜLLKIPPE
Quak.
Japp, eine Grube voller Schrott.
Gib mir deine rostige Schere.
Quak.

Seufz.
So sensibel.
Gib mir die rostige Schere, bitte.
Danke.
Schwer zu benutzen, das Ding.
MAGISCHE MÜLLKIPPE
Ha! Jetzt soll Kleinhorn hier mal einen echten magischen Gegenstand finden.
GRAU LINGS ANH ÖHE
?
Was ist das?

Es hat so einen bösen Schimmer.
Ooh, sehr schön.
Na, wenn du nicht fies aussiehst.
Ja, ich werd dich behalten.
Nicht dass Kleinhorn dich noch findet.
Auf geht's.

Unterdessen
... Schimmel ...
... gemähtes Gras ...
... Frösche.
Schau! Da ist Graulings Anhöhe. Wie Felicitias gesagt hat.
Das Schild ist ja nicht gerade schön beschriftet.
GRAU LINGS ANH ÖHE
Als ob der Name mit einer alten Schere reingeritzt wäre.
Wo sind nun deine magischen Gegenstände?
Na hier.
Wo?

Hallo!
Wächter von Graulings Anhöhe?
Ich will meinen Gutschein einlösen und Karfunkel retten!
Hier ist keiner.
Vielleicht hat der Wächter Mittagspause, und man kann sich einfach was nehmen.
Ja.
Vielleicht ist es eine Selbstbedienungs-grube.
Bestimmt.
Sieht man doch eigentlich auch.

Wonach suchen wir denn?
Eine Waffe von Großer Macht, die die Armee des Bösen besiegen kann.
Okay.
Ich hab was gefunden.
Es sieht aus wie ein Schwertgriff.
Sagte ich, SCHNIEF dass ich gegen Rost allergisch bin?
HA-TSCHI
Ich hab's!
Echt?
SCHNIEF

Eine Waffe von Macht!
Das?
Das ist eine silberne Klobürste.
Bist du sicher?
Sieht aus wie eine Keule.
Ich würd sie lieber wegtun.
Wer weiß, wo die schon war.
Ups.
Als Drache muss ich dir sagen: Wir können Schätze riechen, und das hier ...
Keine Ahnung, was es ist, aber ein Schatz ist es nicht.

Hier muss doch was sein.
Die Zauberer haben mich extra hergeschickt.
HA-TSCHI
Blöder rostiger Schrott.
He! SCHNIEF Was ist das?
Sieht aus wie ein Schwert.
Ein echtes Schwert, dieses Mal.
Zeig mal.
Steckt es fest?
Ich glaub nicht.

Oh!
Verflixte Allergien. HA-TSCHI Ich kann nichts riechen.
Das ist bloß wertloser Plunder.
Nein, nein, ein Schwert von Großer Macht.
Ganz sicher. Diesmal spür ich es!

Mit der Klobürste würdest du mehr Schaden anrichten.
Finte. Parade. Attacke.
Sieh's dir an!
Müsste ein SCHNIEF magisches Schwert nicht glänzen?
Es muss nur ein wenig poliert werden.
Oh, Runen!
Magische Schwerter haben immer Runen.
Mein Runisch ist fast so eingerostet wie das Schwert, aber heißt das nicht »Anspitzer«?
Schwer zu sagen.
Steht da »Witz«?
Na toll. SCHNIEF
Du rettest Karfunkel mit diesem Witz von einem Schwert.

Wo willst du hin?
Du hast noch nichts ausgesucht.
Man weiß nie, was noch nützlich wird.
Ich komm auch so zurecht.
Was ist hiermit?
Was ist das?
Dons Schober der …
… der Unendlichen Wüste.
Ich überlege gerade, was ich damit anfangen könnte.
Nö.
Kein Plan.

Warte, jetzt versteh ich's: Dijons Schoner der ...
... Unendlichen Würze!
Man drückt wohl hier drauf ...
Ups. Sorry.
SPRITZ
Ist das Ketchup?
Und Senf.
Essig.
Braune Soße.
Und er wird nie leer.
Aha.
Nimm ihn.

Biiiitte.
Na schön.
Danke.
Sieht echt ganz cool aus.
Es gibt einen Knopf und eine verstellbare Manschette.
Ich weiß.
Piu.
Piu.
Piu.
Ich hoffe, ich werd es nicht noch bereuen.

KAPITEL ZWÖLF
Viele Meilen später
Piu.
Piu.
Da, ein Schild!

LEICHTES RISIKO ENDET BALD
Hier trennen sich wohl unsere Wege.
Meine Mission führt mich in Tödliche Gefahr, und du solltest zu deiner Familie zurück – sie machen sich sicher Sorgen.

Die sorgen sich nicht um mich.
Doch, natürlich.
Du kehrst heim und ...
Das geht nicht.
Nie-mals.
Alles ist weg.
Was meinst du?
Der Schatz, den ich bewachen sollte.
Der Familienhort ganzer Generationen. Ein Vermögen in Juwelen, Kronen und Kerzen-haltern.
Du sagst, er ist weg, aber wie ist er ...
Geklaut! Er wurde geklaut!

Spielt keine Rolle.
Als ich sah, dass alles weg war, wusste ich, wir sind ≶SCHNIEF≶ ruiniert.
Bestimmt vergeben sie dir.
Du kapierst es nicht. Für Drachen ist der Schatz alles. Der Stolz der Familie, unser Ruf und unsere Geschichte.
Ein Drache ist nichts ohne einen Hort.
Es ist meine Schuld. Darum kann ich nicht zurück, bevor ich den Schatz wiederfinde.
Ich helfe dir.
Was?

Ich helfe dir, den Hort zu finden.
Das würdest du tun?
Wir sind doch Freunde, oder? Und Freunde helfen einander.
Aber erst müssen wir Karfunkel retten.
Danke!
Es gibt da noch eine freie Stelle für einen Tapferen Gefährten, und ich will dich dabeihaben.
Mich?
Hiermit schlage ich dich zum Mitglied des Heldenbundes.
KLONG

Aua.
Sorry.
Erhebe dich, Tapferer Gefährte.
Willkommen im Helden...
Oh.
Und was genau macht ein Tapferer Gefährte so?
Mach einfach dasselbe wie vorher, aber eben noch tapferer.
Okay.
Klar.
Tapfer.
Was heißt denn »tapfer«?
Tja ...
Gute Frage.

Später
ACHTUNG
IHR VERLASST LEICHTES RISIKO
Ich war noch nie auf einer Mission. Womit muss ich rechnen?
Keine Ahnung, aber ich stelle mir vor, wir sind hoffnungslos unterlegen, haben äußerst geringe Chancen und müssen heldenhaften Opfermut zeigen.
Schluck
Wie viel Opfermut wird denn von einem Tapferen Gefährten genau erwartet?
Komm schon.

Bald darauf
Schau. Wir sind schon da.
IHR BETRETET MITTLERE BEDROHUNG
Das mit der Bedrohung war kein Scherz.
Kehrt um.

Vor euch liegt nichts als Elend und Zerstörung.
Wir sind über viele gefährliche Straßen gekommen.
Hust
Und in noch mehr Teergruben gefallen.
Wie schreck-lich.
Wollt ihr vielleicht etwas Ketchup?
Das kann es auch nicht mehr schlimmer machen.
Ich mag lieber Senf.
Hast du Mayo?
Vielleicht macht sie dieses Unkraut noch genießbar.
Piu.
Piu.
Piu.
Anke öön.
Bäh. Selbst mit Mayo schmeckt Unkraut nicht.
Gern geschehen.
Hab doch gesagt, dass es nützlich sein wird.

Nicht viel später
All das morgendliche Polieren der Truppenpokale zahlt sich aus.
Schau, wie es glänzt!
Pass auf.
HA-TSCHI
Ich glaube, diese Rune bedeutet »Glitzer«.
Das Einzige, was das Schwert zusammenhält, ist Dreck.
Das heißt ganz sicher »Dumm-schwätzer«.
Du musst noch mal zur Schule und Runen lernen.
Und dazu magische Schwerter studieren.
Ich bin der legendäre Blutschlitzer, du übergroße Ringelnatter.
Das Schwert spricht!

Ich weiß eine ganze Menge über Schwerter. Ich habe eine Sammlung zu Hause.
Du hattest eine, bevor du sie verloren hast.
He, das ist gemein!
Genug jetzt!
Alle beide!
Wir sind doch ein Bund!
Tut mir leid.
Na gut.
Wir müssen zusammenarbeiten, um Karfunkel zu retten.
Auf den Bund!
Auf den Bund.
Auf den Bund.
Das üben wir noch.
Mit mehr Begeisterung.

Später
Als legendäres Schwert hast du sicher viele Abenteuer erlebt.
Ich war beim Hinterhalt von Locktsieindiefalle, der Schlacht von Schwindlers Murks und dem Sturm auf Kerker 13.
Wow.
Ich kämpfte an der Seite von Stahl Hart, Mylar der Transparenten und Teflon von Tetrafluorethylen.
Warte mal – die sind doch alle tot?
Ja und?

Hast du auch in letzter Zeit mal gekämpft, zum Beispiel in diesem Jahrhundert?
Schnauf!
Denk an den Bund!
Unser Drachenfreund hat recht.
Ich vergoss schon lange kein Blut mehr.
Und das ist gut so.
Wahre Helden schwingen niemals Waffen.
Ich leistete einen unver-brüchlichen Schwur.
So wie ich!
Ich habe auch geschworen, Karfunkel zu beschützen.

Das ist toll.
Ich hätte nie gedacht, auf ein legendäres Schwert zu stoßen, noch dazu, es auf meine erste Mission mitzunehmen.
Ja.
Toll.

KAPITEL DREIZEHN
Hab Kleinhorn umgelenkt und einen echt coolen Ri...

Und ich habe die ganze Invasion geplant, während du mit dem Pferdchen gespielt hast.
An deiner Stelle würde ich ihn nicht unterschätzen.

Ein mickriges Pferd namens Kleinhorn.
Der macht mir sicher keine Albträume.
Hättest du Mutters Lektionen je zugehört, wüsstest du, dass selbst die größten Bösewichte am schwächsten sind, wenn sie sich unbesiegbar fühlen.
Sieht das etwa schwach aus?

Genau diese Art von sinnloser Machtdemonstration wird unser Untergang sein.
Was denkst du?
Mein Gesicht soll in die Kargen Berge gemeißelt werden.
Ich weiß nicht, was du mir da zeigst.
Dann haben die Überlebenden von Karfunkel einen Ort, um ihrem Schreckensfürsten zu huldigen.
Was ist mit mir?
Ich bin doch auch einer.

Aber sicher, Schwester.
Klar bist du das.
Mir kommt gerade eine tolle Idee.
Noch eine?
Oje.
Du magst doch Kunst. Warum sorgst du nicht dafür, dass dieses geniale Denkmal meiner denkwürdigen Genialität nach meinem genialen Entwurf umgesetzt wird?
Das könnte echt cool werden.
Als Erstes verbessere ich diese Entwürfe und ...

Moment mal!
Du versuchst, mich loszuwerden.
Keine Ahnung, wovon du redest.
Du denkst, du schaffst das alles ohne mich, stimmt's?
Ungelogen?
Ungelogen.
Natürlich kann ich ohne dich regieren.
Ich habe die Handschuhe, und du hast ...
Ich habe dumme Entwürfe für ein dummes Gesicht in einem dummen Berg.

Du hast die Chance, dich im Glanz meines ultimativen Triumphs zu sonnen.
He, wo willst du hin?
Zum Berg?
Du hast was vergessen!

KAPITEL VIERZEHN
Wah!
Pass auf, die Becken sind voller Säure.
Bleib nah bei mir.

HUST
Danke.
Los, weiter.
Blutschlitzer, erzähl uns von den Helden, die du kanntest.

Ja, Blutschlitzer, erzähl ihm von Mylar.
Sie war eine furchtlose Kriegerin.
Die im Pfeilhagel starb.
Na gut, dann von Teflon.
Teflon war ...
... sehr eigen.
Starb an Fußpilz.
An Fußpilz stirbt man nicht.
Er hat sich daran überfressen.
Oh.
Wie gesagt, sehr eigen.

Alle in Deckung!
Was ist denn? Ich kann nichts sehen.
Zieh den Kopf ein.
Ich hab halt einen langen Hals.
Da drüben.
Wilde Krieger die müssen von Sir Ogers Armee sein.
Bedrohen sie eine Kakerlake?
Das arme hilflose Ding hat sicher Todesangst.
Wir müssen etwas tun.

Das wird die erste Kampfprobe des Bundes.
Hast du je zornig eine Klinge erhoben?
Ich habe noch nie ein Schwert geführt.
Kämpfen ist grässlich.
Hältst du das aus?
Ich habe keine Wahl.
Sie dürfen ihr nicht wehtun! Bereit, Schnauf?
Warte. Ich muss dir etwas sagen.

Komm schon, Schnauf. Mit Blutschlitzer und deinem Drachenfeuer wird es schnell vorbei sein.
Kleinhorn, es gibt kein Feuer.
Doch, natürlich.
Du bist ein Drache. Alle Drachen spucken Feuer.
Nicht alle Drachen.
Du bist nur nervös.
Ich auch.
Ich war noch nie in einem Kampf, und ich ...
Ich habe gelogen.
Ich spucke kein Feuer.
Konnte ich noch nie.
Ich habe alle Tränke, Salben und Wickel ausprobiert, aber nichts löst meine Flamme aus. Stattdessen muss ich bloß ...

... niesen.
Ich weine nicht. SCHNIEF
Ich weiß.
Sind die Allergien.
SCHNIEF
Tut mir leid.
Du warst so beeindruckt von Drachenfeuer. Ich hab mich für die Wahrheit geschämt.
Ich bin kein Tapferer Gefährte.
Du schmeißt mich jetzt sicher aus dem Bund.
Was ist schon ein Drache ohne Feuer?
Feuer hin oder her, du gehörst zum Bund, und wir sind froh darüber.

Stimmt's, Blutschlitzer?
Blutschlitzer?
Richtig froh.
Siehst du?
Auch ich bin bloß ein Reserveheld.
Der Letzt-Auserwählte.
Und das nur, weil der Rest der Truppe spurlos verschwunden ist.
Ein Reserveheld?
Guck nicht so besorgt.
Die Zauberer haben uns mit gutem Grund ausgewählt.

Was war der Grund?
Es gab keine anderen Freiwilligen.
Aber was zählt, ist, dass wir alle auserwählt wurden.
Sollte ich sonst noch etwas wissen?
Was ist mit dir, Blutschlitzer? Hast du auch irgendwelche Geheimnisse?
Wir haben alle ein Recht auf Geheimnisse.
Und teilen sie miteinander, nach der Rettung der Schwachen und Hilflosen.
Aber wer wird uns retten?

KAPITEL FÜNFZEHN
Lasst sie in Ruhe, ihr Unholde!
Kleinhorn, warte auf mich!
Schluck.

Arghhhh!
Hä?
Arghh...
Uff.
Wah!
Wahhh!

Wahhh.
Ahhhh.
Mamm...
...mmiiii.

Stöhn.
Kommt nicht näher, wenn ihr wisst, was gut für euch ist.
Ihr seht ja, was den anderen Fieslingen passiert ist, als sie meine Mistkugel angerührt haben.
Wir wollten dir helfen, gegen Sir Ogers Soldaten zu kämpfen.

Wir sind auf einer Mission, um Karfunkel vor ihm und seiner Armee zu retten.
Ich bin Kess Kleinhorn.
Das ist Schnauf.
Und ich bin Blutschlitzer.
Klinge der Legenden.
Ich bin K'aka und, nein, ich bin keine Kakerlake.
Ich bin Mist Elementar.
Ein Elementar?
Findest du witzig, was?

Witzig?
Nee.
Seufz.
Du denkst, jemand wie ich kann kein Elementar sein.
Warte!
Elementare gibt es aber in allen Formen und Größen.
Du bist genau das, was unser Bund noch braucht.
Ich?
Ja, du.

Ist das irgendein Trick?
Wir wurden vom Rat der Zauberer auserwählt und können Karfunkel nicht ohne dich retten.
Wir haben einen Tapferen Gefährten.
Mich.
Ein magisches Schwert.
Anwesend.
Das Einzige, was unserem Bund noch fehlt, bist du.
Ein Elementar.
Mach doch bei uns mit.
Ganz Karfunkel braucht uns.

Bitte?
Aber Mist ist keins der Vier Elemente.
Wah!
Jeder Depp weiß, es gibt mehr als vier Elemente.
Was immer du willst, kann ein Element sein.
Bitte schleuder mich nicht weg.

Ich soll mit euch kommen?
Du musst, wenn wir Sir Oger besiegen wollen.
Mich hat noch nie jemand zu etwas eingeladen.
Sonst will keiner mich dabeihaben.
SCHNIEF
Bäh.
Wie das stinkt!
Schnauze weg von der Kugel!
Und was sagst du?
Können wir auf dich zählen?

Wir sind hoffnungslos in Unterzahl gegen einen mächtigen Feind mit einer Armee der gemeinsten Kreaturen im Land.
Nur dass du's weißt.
Es stimmt, dass die Chancen schlecht für uns stehen, aber zusammen können wir's schaffen.
Ich bin dabei.
Ich seh zwar nicht aus wie ein Held, aber wenn ich anderen helfen kann, mach ich mir gern die Hände schmutzig.

Später
Seit Sir Ogers Schläger den Misthaufen meiner Familie in eine Teergrube gekippt haben, streife ich durchs Land.
Meine Familie hat sich zerstreut, also habe ich die Reste des Haufens zusammengerollt und suche jetzt nach einem neuen Zuhause.
Bisher fand ich nur Zerstörung und randalierende Soldaten.
Bis ich euch traf, war ich allein unterwegs.
Wenn Sir Oger so wie seine Truppen ist, ist er ein Mobber.
Ich hasse Mobber.

Jetzt ist ein Elementar bei uns, wie die Zauberer vorhergesagt haben.
Der Bund ist komplett.
Denkst du echt, wir sind verloren?
IHR BETRETET TÖDLICHE GEFAHR
LASST ALLE HOFFNUNG FAHREN
KEHRT UM (IHR NARREN)
Sieht mir ganz so aus, ja.
Keine Sorge. Wir werden dich beschützen.
Klar, kein Grund zur Sorge.

KAPITEL SECHZEHN
Quak.
Warte einfach dort.
Nicht dass du die ganze Wiese platt trampelst.
Geister-orchideen!
Formation beibehalten.
Augen runter, Füße hoch.

?
Du, Soldat, komm sofort her.
Feldwebel Clafoutis von der Vierten Blumen-Stampf-Division, zu Diensten.
Was macht ihr denn da, Feldwebel?
Blumen zerstampfen.

Wusstest du, dass Geisterorchideen der einzige Lebensraum von jungen Schatten-stuten sind?
Und dass ohne Geisterorchideen der Lebens-zyklus der Schattenstuten gestört wird und die nächste Generation verkümmert und stirbt?
Wusste ich nicht.
Jetzt, da du es weißt, was wirst du also tun?
Stampfen.
Woher hast du den Befehl, Feldwebel?
Kam von ganz oben.

Machst du alle dämlichen Sachen, die mein Bruder dir aufträgt?
Jawoll.
Dann befehle ich dir aufzuhören!
Euch allen!
Verstanden.
Jemand muss dich im Zaum halten, Bruder.

KAPITEL SIEBZEHN

Gehen wir da runter und starten den Kampf?
Nein!
Ist dein Panzer noch ganz dicht?
Siehst du, wie groß die Armee ist?
Na und?
Wir haben keine Chance gegen solche Massen.

Wir gehen runter, fordern ihre besten Krieger zu einem Duell heraus, schlagen ihre Köpfe zusammen, zack, zack, schon gewonnen.
Willst du, dass sie uns mit Hellebarden aufspießen?
Komm schon, Schnauf. Denen zeigen wir's.
Wir gehen alle drauf.
Ich hab 'ne Idee.
Wir suchen uns eine Höhle und verstecken uns, bis alles vorbei ist?
Klingt gut.
Nein.
Wir klettern da rauf.
Die Kargen Berge?

Bald darauf
Und warum ist das eine bessere Idee, als sich zu verstecken?
Um Pläne zu schmieden, müssen wir das Ausmaß ihrer Streitkräfte sehen. Von hier hat man die beste Aussicht.
Ein weiser General beobachtet das Schlachtfeld.
Ein weiser General bringt eine ganze Armee mit.

Armee hin oder her, uns hält nichts auf.
Du bist stark, K'aka, aber nicht ...
Wah!
Schnauf!
Pass auf die Mist-kugel auf.
K'aka, warte!

Alles okay.
Alles okay.
Gut.
Dann los.
Ich kann selber laufen!
Aber so geht's schneller.
Waaaah!
Danke.

Ich wäre nicht abgerutscht, wenn dieser Berg nicht bröckeln würde.
Er scheint wirklich etwas ...
CRRKK
Pass auf!
... instabil.

Später
Sind wir bald da?
Kletter weiter.
Oh nein!
KLÄNG
Blutschlitzer!
Alles okay?
Lass mich hier.
Was meinst du?
Geh mit deinen Freunden nach Hause. Das ist besser für euch.

Ich kann nicht zurück. Ich habe eine Mission.
Du bist mir ans Herz gewachsen, Kleinhorn. Ich habe gesehen, wie gut du deine Begleiter behandelst.
Ich mag dich auch.
Dich soll nicht dasselbe Schicksal ereilen wie Mylar und die anderen Helden.
Ich konnte sie nicht schützen und werde auch dich nicht schützen können.
Kleinhorn, wo bist du?
Irgendwo hinter dem Fels da.
Keine Sorge. Hier bin ich.
Du bist mein Freund, und ich lass dich nicht zurück.
Wir gehen zusammen nach Hause.
Genug geredet, jetzt konzentriere ich mich aufs Klettern.

Keuch ächz
Keuch
Alles gut bei euch dahinten?
Wir kommen klar.
Japp.
Keuch ächz
Lasst uns eine kurze Pause machen.
TCK TCK
Hört ihr das?
Was?
TCK TCK TCK
TCK TCK

Es ist unmöglich!
Jeder Schlag auf den Meißel löst fast einen Felssturz aus.
Das ist der Zorn des Berges.
Das Gestein ist ungeeignet.
So kann ich nicht arbeiten.
Ich bin Künstler!
Und wer sagt Sir Oger, dass er sein Denkmal nicht kriegt?

Dachte ich mir.
Zurück an die Arbeit.
TCK TCK
Hm?

Was war da los?
Keine Ahnung.
Wir müssen vorsichtiger sein.
Schaut mal. Von hier sieht man das Schlachtfeld.
Schön da-bleiben.
Wenn ich Hilfe brauche, ruf ich.
Was ist das in der Mitte?

Bestimmt Sir Ogers Kommando-posten.
Wenn wir uns in das Zelt schleichen, kann ich ihn mit Blutschlitzer zum Aufgeben zwingen.
Dann löst sich die Armee auf, und Karfunkel ist gerettet.
So leicht gibt Sir Oger sicher nicht nach.
Mobber sind Feiglinge. Wenn er genauso ist wie seine Soldaten, wird er aufgeben.
Bin ich der Einzige, der die riesige Armee blutrünstiger Räuber zwischen uns und Sir Oger sieht?
Soll ich uns den Weg freiräumen?
Nein!
Schnauf hat recht.
Wir sind zu wenige.

Wenn es doch nur etwas gäbe, um eine Schneise bis zu Sir Ogers Zelt zu schlagen.
Etwas Großes, das Angst und Chaos in ihren Rängen hervorriefe.
Ja, wenn.
Tja.
Ich such uns mal eine Höhle.
Ich hab 'ne Idee.

KAPITEL ACHTZEHN
K'aka stößt diesen Felsbrocken hinunter und löst so einen Bergsturz aus.
Die Soldaten springen beiseite, und wir stürmen im Durcheinander zum Zelt und stellen Sir Oger, bevor jemand kapiert, was los ist.

Das ist der bekloppteste Plan, den ich je …
Da sind sie!
Sag ich doch: ein Drache!
Packt sie!
Zerhackt sie!
Attackeee!
Ich bin Künstler …
Ich verdiene Respekt.
Sie kommen aus allen Richtungen.
Wir sind umzingelt.

Wer will als Erstes die Macht von Blutschlitzer spüren?
Blutschlitzer?
Klingt fies.
Erst du.
Nein, nein, nach dir.
Ich muss dir unbedingt etwas Wichtiges mitteilen.
Jetzt ist die Zeit für Taten, nicht Worte.
Du zuerst.
Doch nicht ich.
Ich bin Künstler.

Nimm meine Axt.
Kleinhorn, so hör doch.
Mach dich bereit zum Kampf.
Arghhhh!
Hol sie dir!
Oje, oje.
Ich seh nicht hin.
Ist es vorbei?

Urghhhh.
Oh.
Ich lebe?
Ich lebe!
Blutschlitzer?
SCHWABBEL SCHWABBEL
Schwabbel, schwabbel?
Hufe hoch, Pony!
Ich lebe!

KAPITEL NEUNZEHN

Hah ha har.
Wohl eher Klinge der Feiglinge.
Hah ha har.
Hah hah.
Blutschlitzer fürchtet niemanden.
Was nützt im Kampf ein Wackelpeter-Schwert?
Oder ein Drache ohne Feuer?
Häh?
Und dann du.
Was sollst du sein?
Ich bin ein Elementar.
Ein Mist-Elementar.
Seit wann ist Mist ein Element?
Hah har.

Zum Schluss du.
Wie kommt ein Einhornzwerg darauf, er könnte mich, das mächtigste Wesen in ganz Karfunkel, besiegen?
Wenn die Auserwählten kommen, bist du dran.
Ruhe!
Knie, du Wurm!
Ich knie nicht vor dem Bösen.
Knie, oder spür den Zorn meiner Triumph-Handschuhe.
Knie, Klein-horn.
Das ändert doch nichts.
Es ist vorbei.
Niemals!

So sei es.

Schau! Er kriecht aus Angst vor deiner Macht.
Sei kein Narr.
Ergib dich jetzt, und kämpf später.
Das ist schon besser.
Nächstes Mal bin ich nicht so gnädig.
Dein Glück, dass meine Schwester dämliche Tiere mag.
Sperr sie ein!

Und so ...
Vorwärts.
Karfunkels Los hängt an einem Faden.
Was?
Ruhe, kleines Pferd.
Rein da.
BAMM

Kurz darauf
Ich wollte es ja sagen, aber du hast nicht zugehört.
Sag's uns jetzt.
Wir sitzen eh fest.
Ich bin Pazifist.
Ich bin zu vielen Helden aus den Händen gefallen, als das Leben aus ihnen entwich.
Ich habe genug von Tod und Krieg.
Darum lag ich auf der Müllkippe.
Ich schwor, nie mehr Blut zu vergießen oder mutige Seelen ins Verderben zu führen.
Netter Versuch, aber da sind wir jetzt gelandet.
Arghhh
Ich muss meine Kugel holen. Sie ist noch auf dem Berg.

Gib dir keine Mühe.
Selbst wenn wir hier rauskommen, sind wir von der Armee umstellt.
Ich helf dir, K'aka.
Wir geben nicht auf.
Ngrrr
Keuch ächz
Los, ihr Bauern.
Beeil dich, Schmied.
Schon bald werdet ihr Sir Ogers Gesicht in die Kargen Berge meißeln.

KAPITEL ZWANZIG

Und unterbrich nie mehr meine Wutanfälle vor meiner Armee.
Ich entscheide, wessen Schnauze in den Dreck gedrückt wird und wie tief.
Wenn du je ein Buch lesen würdest, wüsstest du, dass Außenseiter in ihrer größten Not am gefährlichsten sind.
Versuch nicht, das Thema zu wechseln.
Die Blumen-Stampf-Division sagt, du widersprichst meinen Befehlen.
Wenn du Besudeln und Verpesten nicht magst, bist du auf der falschen Seite, kleine Schwester.
Ein paar Blumen zu opfern, ist erst der Anfang.
Wenn ich fertig bin, steht Karfunkel in Flammen, und ich halte die letzte Geisterorchidee in meiner Hand.

Die gebe ich dann dir.
Ehrlich?
Und befehle dir, sie platt zu stampfen.
Und weißt du, warum?
Weil du ein Idiot bist?
Weil du alles tun wirst, was ich dir sage.
Ich habe genug von deinen blöden Befehlen.
Von jetzt an helfe ich dir nicht mehr.
Oh nein!
Was mach ich nur?
Dann habe ich ja nur noch meine Riesenarmee und meine Handschuhe des ultimativen Triumphs.

KAPITEL EINUNDZWANZIG
Klappt *ächz* nicht.
Pfui, Oliven-öl.
Wir könnten hier deine Hilfe gebrauchen, Schnauf.
Ich helfe doch.
Wie denn?

Ich teste jede Geschmacksrichtung, die dieser Schoner bietet.
Mmm, Sojasoße.
?
Rülps
Pardon.
Oh. Das ist noch nie passiert.

Vielleicht solltest du eine Weile auf Soßen verzichten.
Sonst wird dir noch schlecht.
Mir geht's gut ...
Örg
Puh.
Das war knapp.
Ich dachte, ich muss ko...

Alles okay bei dir?
Was ist passiert?
Feuer?
Feuer!
Ich.
Ich hab zum ersten Mal im Leben Feuer gespuckt.
Die Sojasaoße muss es ausgelöst haben.
Ja.
Ja.
Ja.
Glückwunsch.
Das war genial.
Wenn ich das nur früher entdeckt hätte, säßen wir nicht hier drinnen.
Wir könnten noch ausbrechen.

Selbst mit meinem Feueratem besiegen wir keine ganze Armee.
Für einen Moment dachte ich, wir hätten eine Chance.
Wir haben eine Chance.
Nein.
Es ist vorbei.
Erneut.
Wie vorher.
K'aka, du glaubst das nicht, oder?
Ich weiß nicht. Ich habe hier jede Ecke getestet und kann nichts ausrichten.
Ich bin zu erschöpft zum Denken.
Also, wir sind doch ein Bund, oder?
Ein Bund!
Wenigstens ist meine Familie nicht hier mit mir im Käfig.
Ihr zwei ruht euch aus.

Blutschlitzer, du kanntest doch Helden. Was soll ich tun?
Ich bin nicht weise.
Ich war nur ein Werkzeug, mit dem die Helden ihr Geschick zeigen konnten.
Sie waren mutig wie du, aber ohne dein großes Herz.
Was nützt uns hier mein Herz?
Es befreit uns nicht aus der Zelle.
Hast du von Axillas Achselhöhle gehört?
Nein.
Axilla war eine große Kriegerin, die sich eine undurchdringliche Rüstung schmieden ließ, um dem Tod in der Schlacht zu entgehen.

Sie kämpfte furchtlos und ahnte nichts von der Schwachstelle in ihrer Rüstung.
Wie starb sie?
Durch einen Gift-Speer?
Eine Kuchengabel.
Was?
Wer rechnet mit einer Kuchengabel in der Achselhöhle?
Also muss ich Sir Ogers Achselhöhle finden?
Oder eine Kuchengabel.
Hmm. Seine Schwachstelle.
Welche Schwachstelle?

Knie, oder spür den Zorn meiner Triumph-Handschuhe.
Karfunkels Los hängt an einem Faden.

A-ha!
Oh.
Aber wie überzeuge ich Schnauf und K'aka, es noch mal zu versuchen?
Die Gefolgsleute der alten Helden interes-sierte nur die Bezahlung. Du mit deinem großen Herzen hast wahre Freunde. Wenn du sie fragst, helfen sie dir.
Meinst du echt?
Wenn du fragst, ja.
Und hilfst du mir auch, so-lange niemand verletzt wird?
Ich tue alles, was du willst, außer Blut vergießen.

Danke.
Ich glaube, ich kann uns hier rausbringen, aber wir schaffen es nur zusammen.
Helft ihr mir?
Ich ja.
Danke.
Schnauf?
Na komm.
Wenn du denkst, wir schaffen es, dann bin ich dabei.
Das ist ein Wort!
Du bist die Stärkste. Du nimmst Blutschlitzer.
Ich?
Ooh.

Das sind dicke Metall-Wände.
Schon klar.
Kaltes Metall gibt nicht nach.
Aber heißes ist biegsam.
Und was soll ich jetzt machen?
Ach so.

Gute Arbeit, Schnauf. Die Wand ist glühend heiß.
Bist du bereit, K'aka?
Bereit.
Ngrr
Ngrrrr
KNACK
Blutschlitzer, warst du das?
Alles okay?

Nur eine alte Kriegswunde.
Weiter.
Ich weiß nicht, ob das eine gute Idee ist.
Weiter!
Bereit?
Bereit.
Zieh, zieh.
Los, K'aka.
Es klappt!
Ihr öffnet eine Lücke!

Geschafft!
Das war super!
Ihr habt uns gerettet.
Jetzt aber schnell raus hier.
Siehst du Wachen, K'aka?
Die Luft ist rein.

KAPITEL ZWEIUNDZWANZIG

Ihr bleibt hier, und ich greife die Wachen an.
Nein, lasst uns in die Zelle zurückschleichen, warten, bis es Nacht wird, und ...
KLÄNG
KLÄNG
Komm raus, und kämpfe, Sir Oger.
Oder hast du Angst?
KLÄNG
Was machst du?
Halt ihn fest, K'aka. Kleinhorn dreht völlig durch.
Ich seh's wie Kleinhorn. Kein Verstecken mehr. Wir fechten es jetzt aus.
Ich habe einen Wink zu Sir Ogers Schwachstelle bekommen.
Was für einen Wink?
Kannst du ihn damit umhauen?

Lenk ihn mit Feuer ab, ich überleg mir einen Plan.
Du meinst, du hast noch keinen?

Zur Seite.
Platz da.
Aus dem Weg.

Wieso macht ihr sie nicht platt, ihr Memmen?
Wovor habt ihr denn Angst?
Bloß drei Verlierer, die sich die Hosen vollmachen.
Wir sind zu viert.
Und ich trag keine Hosen.
Ich auch nicht.
Oh, Verzeihung. Ich wollte sagen, vier Verlierer ohne Hosen.
Blutschlitzer hat nicht mal Beine, also ...
Niemanden interessiert dein blödes Gummi-schwert!
Ihr seid alle völlig nutzlos!

Das war's. Ich hab die Schnauze voll von deinem Angeber-Geschwafel.
Erst werd ich dich rösten, dann grillen und dann …
Und dann …
Schmo-ren?
Brutzeln?
Nein!
Braten?
Du willst mir Frühstück machen?
Ich mag meinen Speck gut durch und dazu Rührei.
Und Pancakes.
Viele Pancakes.
Ich will das Böse besiegen, und er bestellt Frühstück.
Mach's doch.
Du schaffst das.
Das wird der schlimmste Sonnenbrand, den du je hattest.
Umpf

Wie gesagt ...
... lauter Verlierer.
Oh, oh.
Hast du schon einen Plan?
Mein Gesicht in die Kargen Berge meißeln zu müssen, ist nichts gegen das Schicksal, das jene erwartet, die sich mir widersetzen.

Jetzt kniet vor eurem Zitterer, erobernde Würmer!

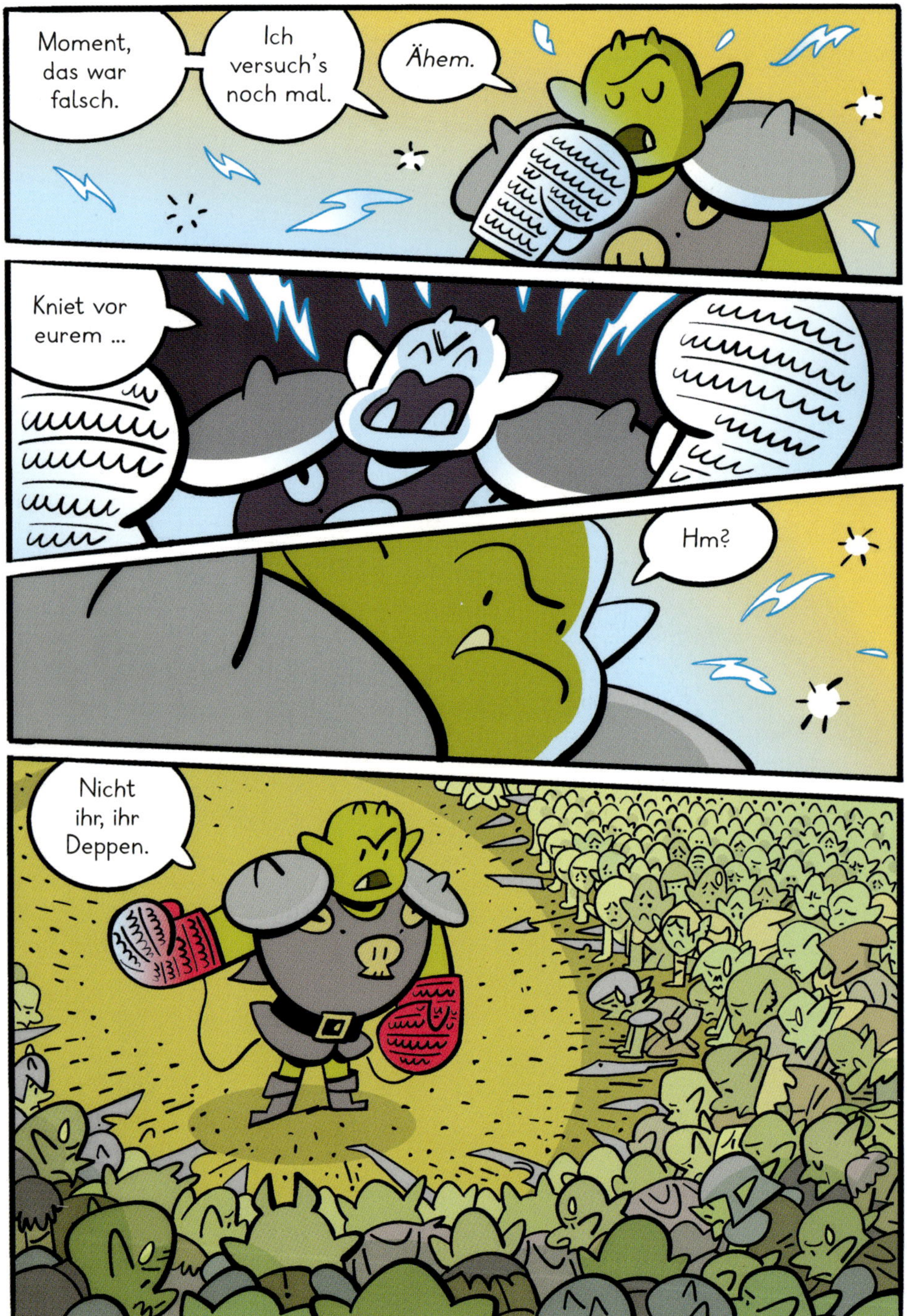
Moment, das war falsch.
Ich versuch's noch mal.
Ähem.
Kniet vor eurem ...
Hm?
Nicht ihr, ihr Deppen.

Die!
Mein Fehler.
War nur ein Missverständnis.
Und nicht nuscheln.
Ich verachte Nuschler.
Sorry, Sir.
Nicht ent-schuldigen!
Das Böse sagt nie Sorry.

Und jetzt tu ich, was ich ohne meine Schwester längst getan hätte.
Ich pulveri-siere euch!

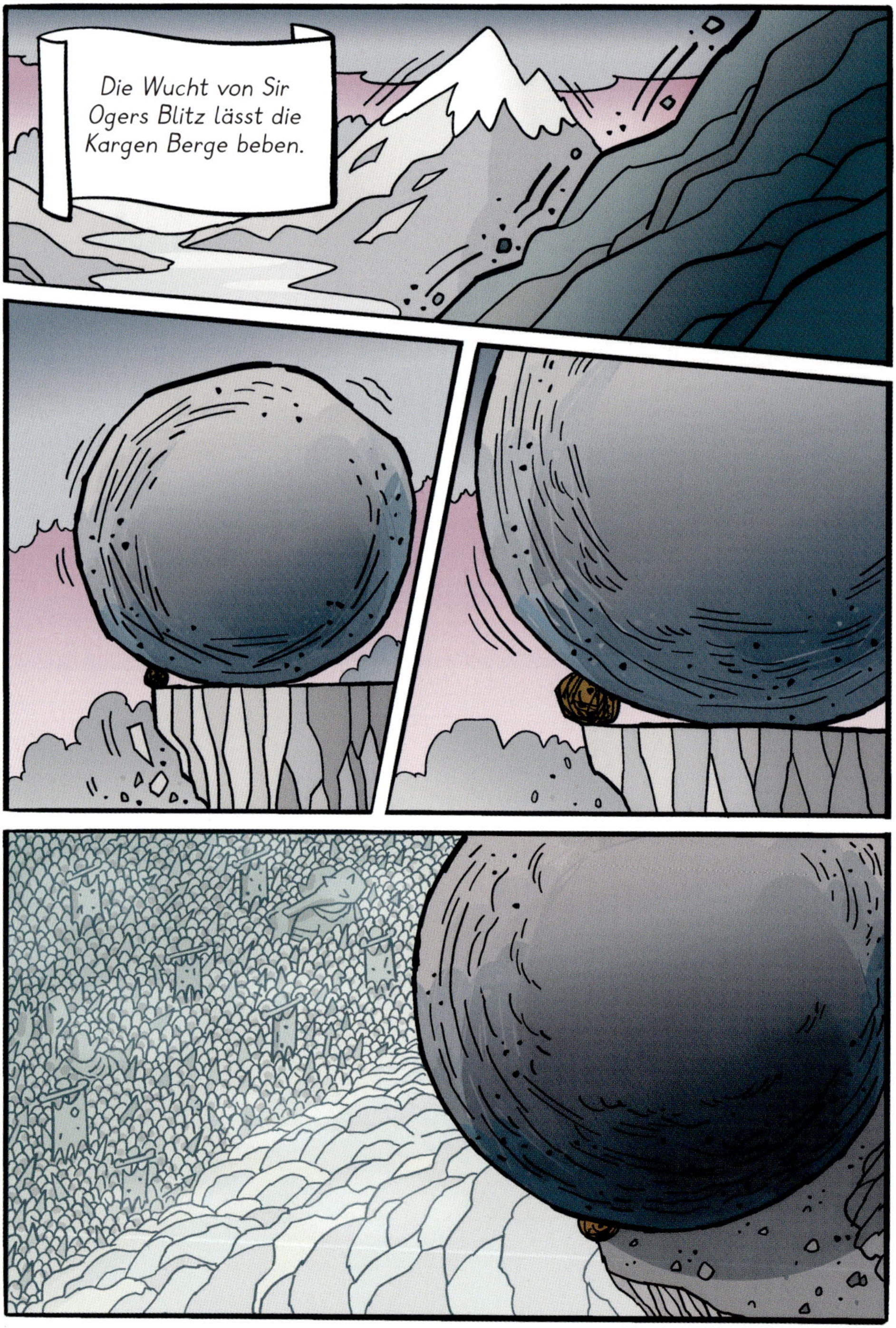
Die Wucht von Sir Ogers Blitz lässt die Kargen Berge beben.

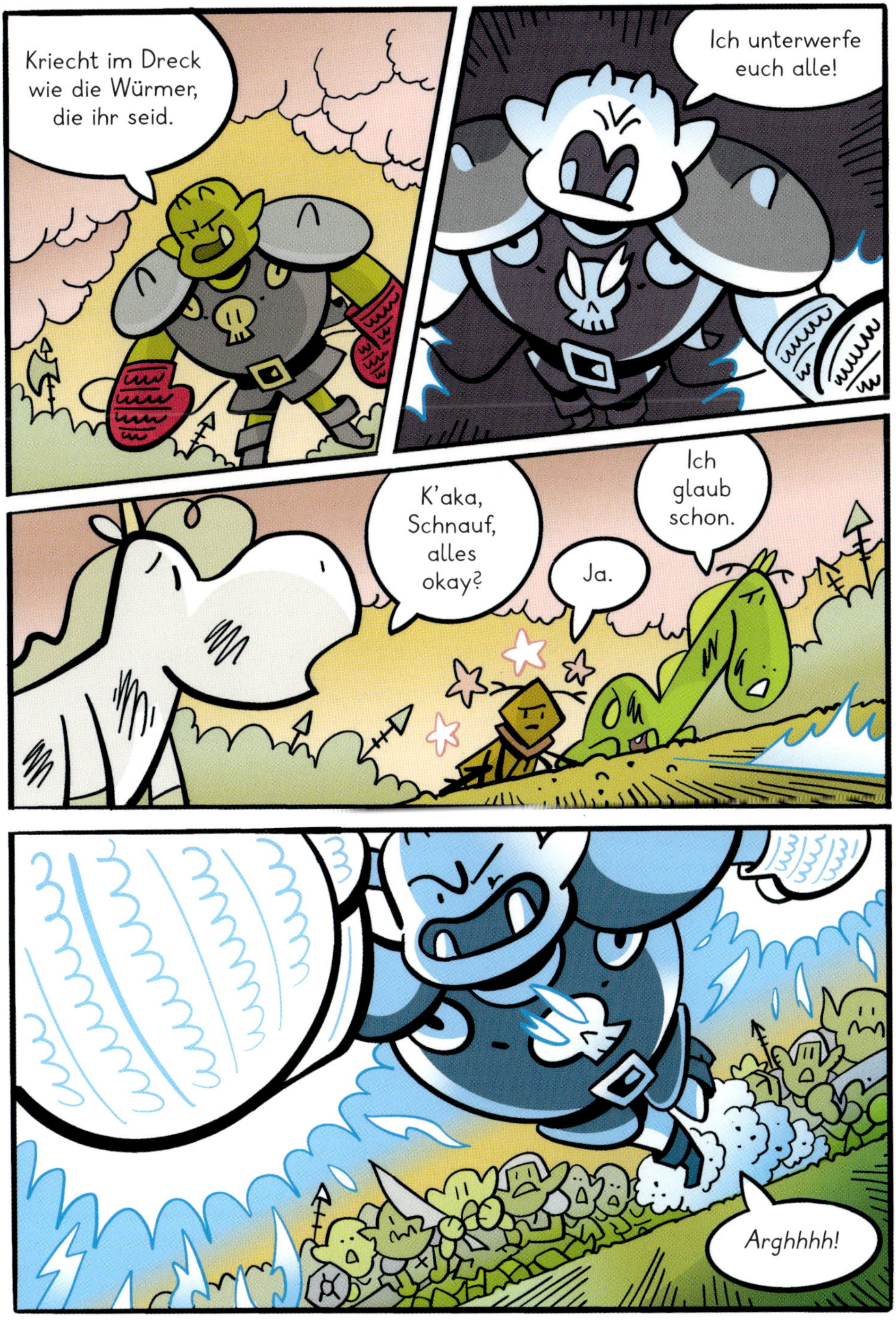
Kriecht im Dreck wie die Würmer, die ihr seid.
Ich unterwerfe euch alle!
K'aka, Schnauf, alles okay?
Ja.
Ich glaub schon.
Arghhhh!

Denk an den Plan!
Plan?
Welcher Plan?
Es gibt keinen Plan.
Greif an!
Piu.
Piu.
Piu.
Ich meinte, mit deinem Feuer.
Ups, sorry.

Wahhhhhhhh!
Ahhhh.
Es ist so weit, Blutschlitzer.
Bist du bereit?
Falls das mein letzter Kampf ist: Ich war mit Stolz an deiner Seite, Kleinhorn.
Warum steht er bloß da?

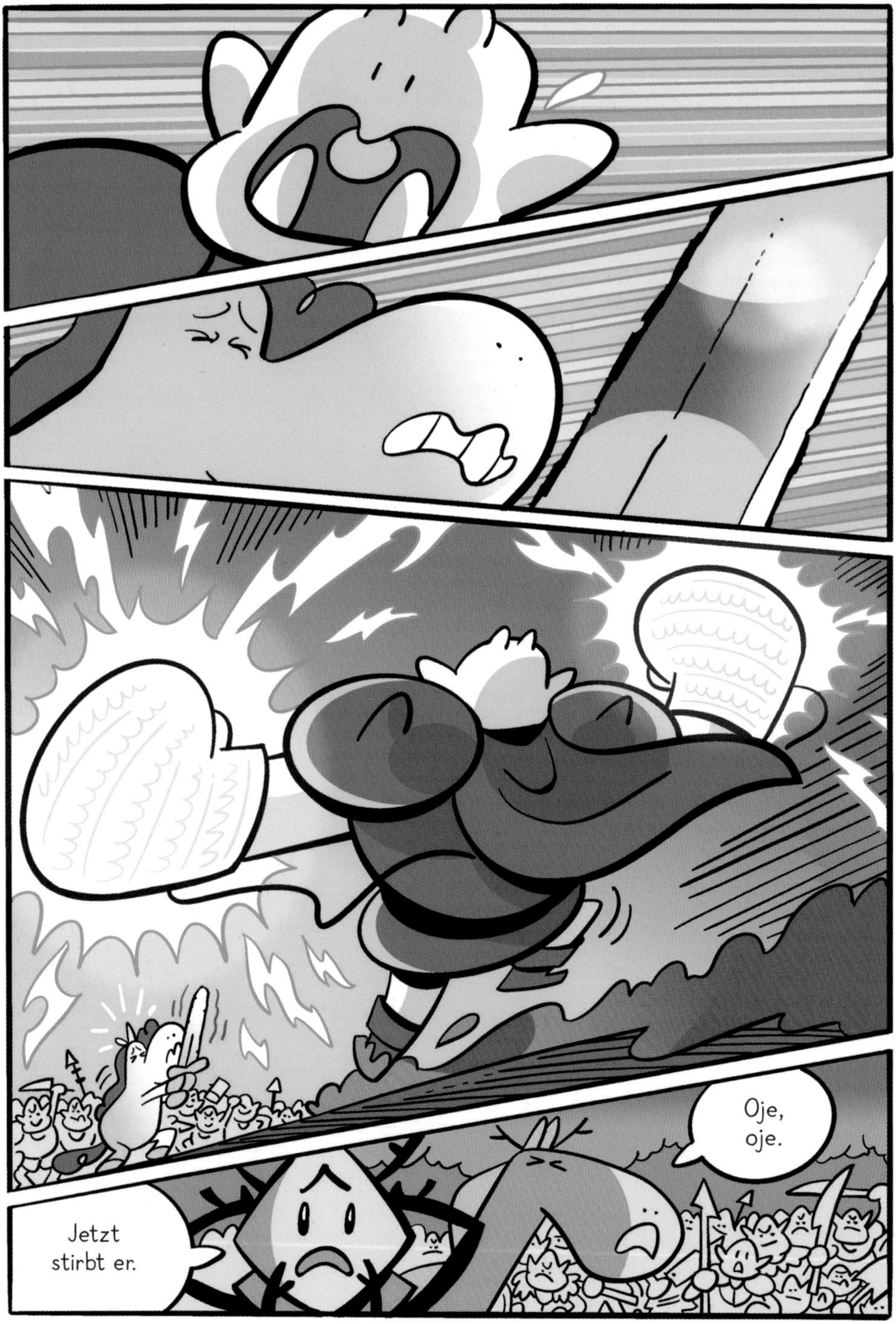

Oje,
oje.
Jetzt
stirbt er.

KAPITEL DREIUNDZWANZIG

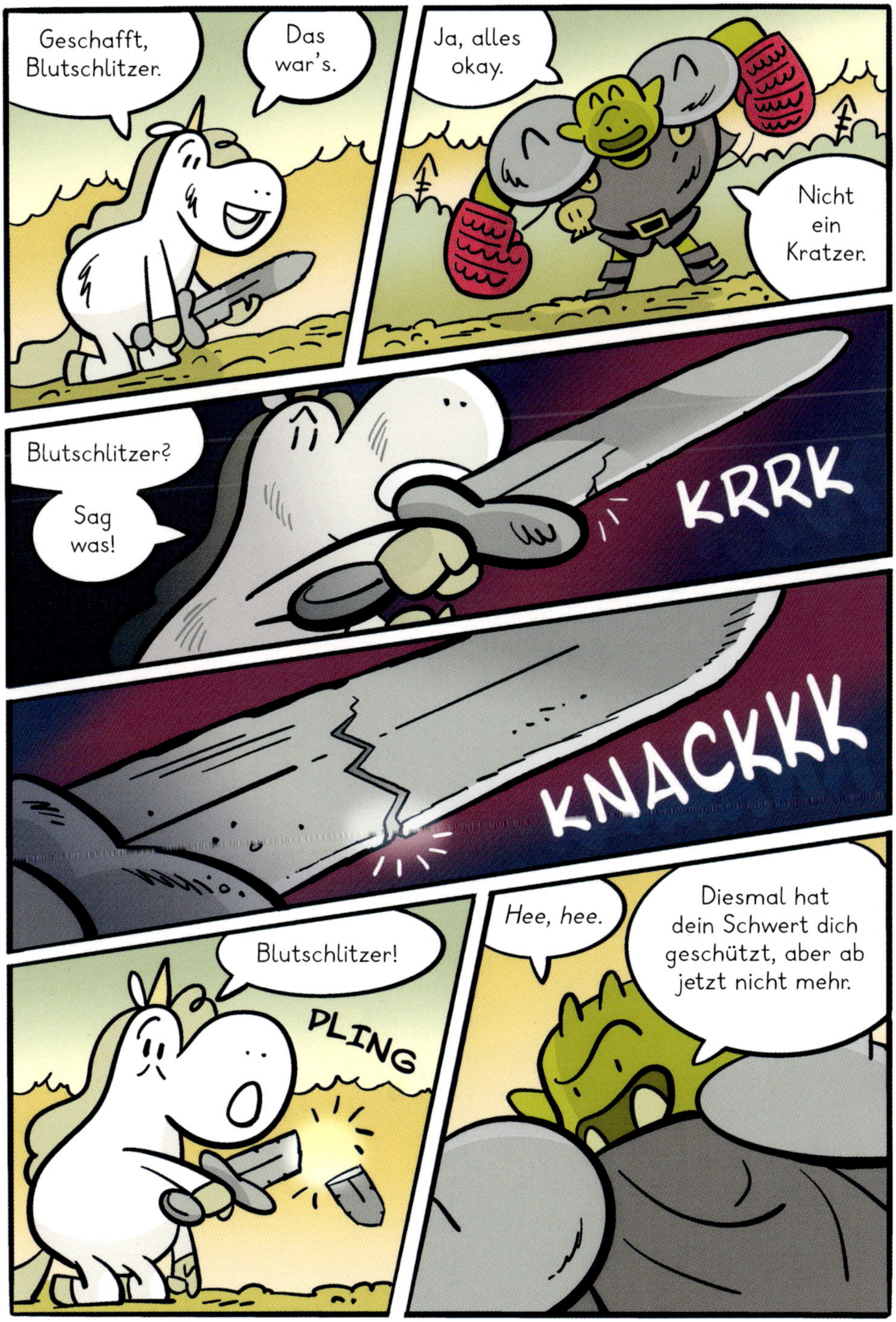

Geschafft, Blutschlitzer.
Das war's.
Ja, alles okay.
Nicht ein Kratzer.
Blutschlitzer?
Sag was!
KRRK
KNACKKK
Blutschlitzer!
PLING
Hee, hee.
Diesmal hat dein Schwert dich geschützt, aber ab jetzt nicht mehr.

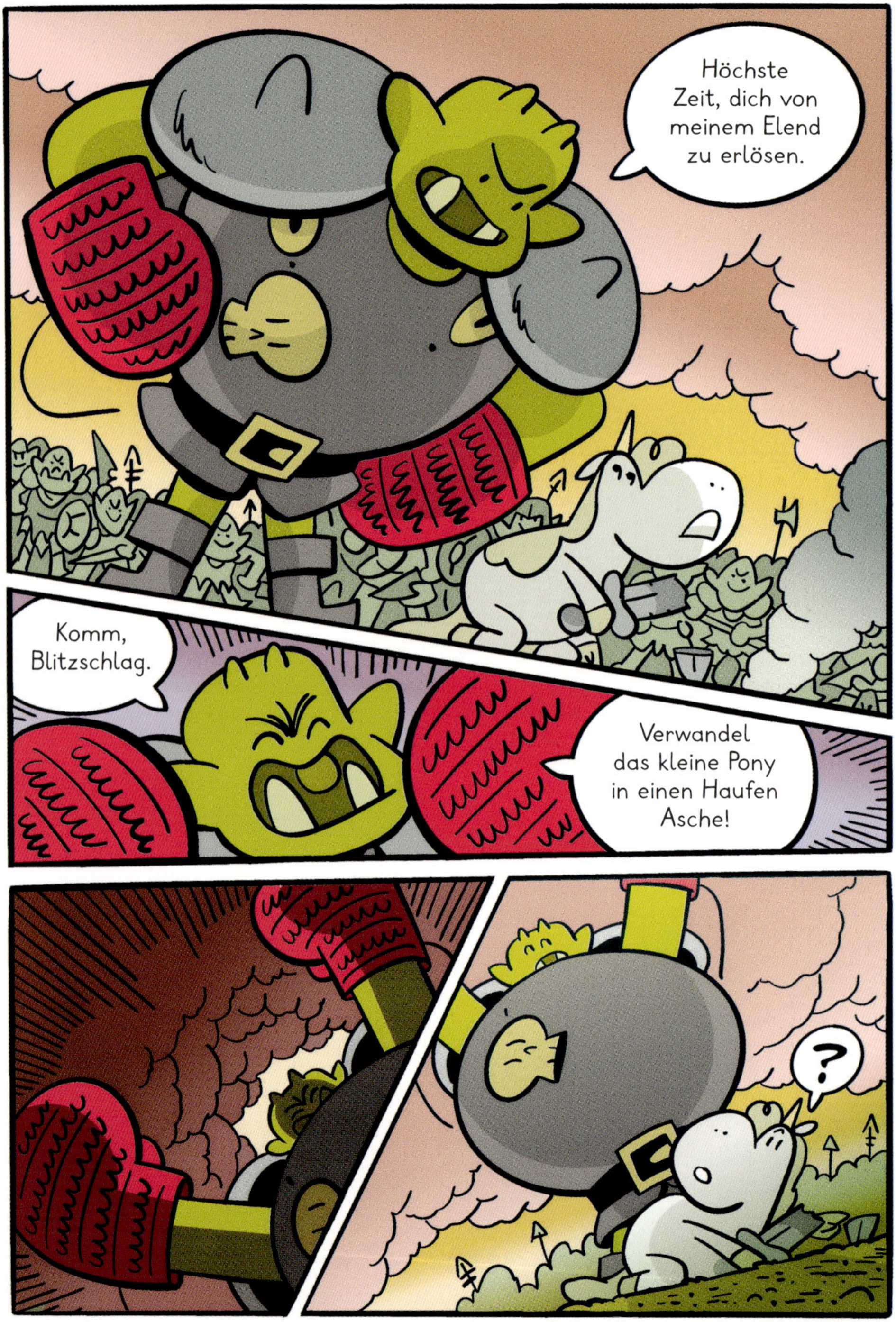
Höchste Zeit, dich von meinem Elend zu erlösen.
Komm, Blitzschlag.
Verwandel das kleine Pony in einen Haufen Asche!
?

Äh, kleine technische Panne hier.
Geht gleich wieder.
Was ist los?
Weiß nich.
Komm, Blitzschlag!
Was soll denn das?
Wenn ich »Blitz« sage, will ich Blitz.
Du hast mich ge-rettet.
Du hast Karfunkel gerettet.

Was ist denn nur l…
Ah. Der Faden, ich meine, die Kette ist durchtrennt.
Das ist deine Schuld.
Niemand rührt sich.
Das ist schnell repariert.
Was ist passiert?
Wir hatten Angst um dich.
Mir geht's gut, aber Blutschlitzer …
Oh nein.
Ist etwas fummlig …
… mit den …
Fäust… äh …
Panzerhandschuhen.

Ich schäme mich für ihn.
Den soll ich respektieren?
Kann nicht mal einen Knoten.
Sichelfix?
Du hast doch so kleine Finger. Du kannst das zusammen-binden.
Hilf mir!
Diese Fäustlinge hat Mama für mich gestrickt, und ihr habt sie kaputt gemacht.
Sagte er »Fäustlinge«?
Ich dachte, »Panzer-handschuhe«.
Ein Schreckensfürst mit Fäustlingen?

K'aka, heb mich hoch, ja?
Öhm.
Okay.
Sollten wir hier nicht besser verschwinden?
Ähem.
Alle herhören, bitte.
Vertrau mir. Ich mach das.
Kleinhorn, was tust du?
Die Handschuhe beherrschen euch nicht länger.
Wenn es euch wie mir geht, hattet ihr einen langen Tag, seid müde und hungrig und wollt bloß nach Hause.

Ja, juhu, alle auf nach Hause.
Nichts für ungut.
Ja?
Schreckensfürst hin oder her, wir sind viel mehr als sie.
Das Pony schaffen wir locker.
Schluck
So müde sind sie gar nicht.

Wir brauchen Verstärkung.
Die haben wir nicht.
Doch.
Ihr vergesst die anderen Mitglieder des Bundes.
PFEI IIII
IIIIIIIIIIIIIII
IIIIIIIII IIIIII

IIIIIF

Ich weiß nicht, wer das ist, aber sie werden nicht rechtzeitig kommen.
Wer von euch will der Erste sein?
Wenn ihr Hunger habt, ich habe Ketchup, Mayo ... Genug für alle.

Diesmal können wir gewinnen.
Wahhh.
Seht!
Sie können Mayo wohl echt nicht ausstehen.
Was ist los?

Es ist deine Mistkugel.
Da seid ihr!
Kommt her.
Ihr habt mir gefehlt.
Los, umarmt sie.
Örg
Bloß nicht.
Sie haben euch gerettet.
Danke für alles.
Ähh ... ihr habt's vielleicht auch bemerkt ...
Rennt!

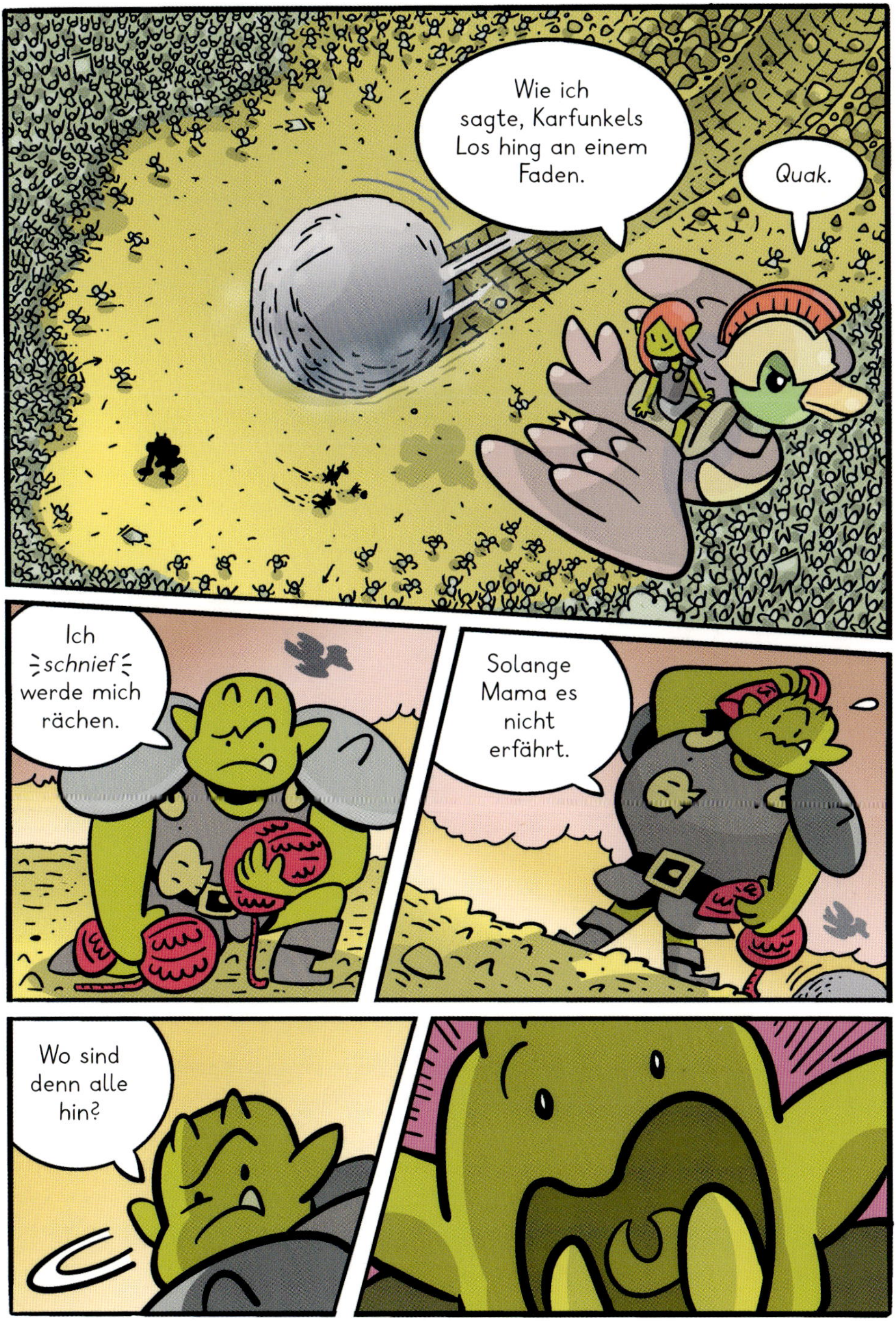
Wie ich sagte, Karfunkels Los hing an einem Faden.
Quak.
Ich *schnief* werde mich rächen.
Solange Mama es nicht erfährt.
Wo sind denn alle hin?

KAPITEL VIERUNDZWANZIG
Arghhh.
Blutschlitzer, kannst du mich hören?
Nichts.
Heißt das, es ist …
Ich weiß nicht. Vielleicht können die Zauberer helfen. Ich werd sie fragen.
Ihr kommt doch mit mir, oder?
Na klar.
Wir sind ein Bund.
Ja.
Wir sind ein Bund.

Später
Jetzt will ich aber wissen, wie deine Mistkugel uns gerettet hat.
Ja, K'aka, wie ist das passiert?
Es ist ja nicht bloß eine Kugel aus Mist.
Das ist ein Zuhause.
Sieht nicht gerade wohnlich aus.
Die Eier meiner Geschwister leben dadrin.
Als sie auf meinen Pfiff reagierten, muss der Fels ins Rollen geraten sein.
Jedes dieser winzigen Eier ist fast so kräftig wie ich.
In dieser Kugel sitzen hundert kleine K'akas.
Danke, kleine K'akas.
Ha-tschi

Noch später
Sieht aus, als wär Sir Ogers Armee hier durchgekommen.
Was für ein Chaos.
Hallo? Ist jemand da?
Das sind der Schmied und das Glückskind.
Ich sollte echt ihre Namen lernen.
Was wollen die?
Ich frag mal.
Sieh mal an, das kleine Pony.
Kleinhorn.
Ich hab dir was zu sagen.

Du bist mein Held, Kleinhorn.
Dank dir müssen wir Sir Ogers Gesicht nicht in Stein meißeln.
Ein Hoch auf Kleinhorn.
Danke, ich war's nicht allein.
Ohne meine Freunde hätt ich's nicht geschafft.
Hip, hip, hurra!
Dann freuen sie sich wohl, uns zu sehen.

KAPITEL FÜNFUNDZWANZIG

Ja, wir haben unsere heldenhafte Herrlichkeit im Wilden Wiesengrund aufs Äußerste verfeinert.
Seid ihr gebräunt?
Bei all der Anstrengung haben wir wohl auch Sonne abbekommen.
Ich muss euch so viel erzählen.
Über meine Mission, Karfunkel zu retten, Sir Ogers Invasion, die Handschuhe von ...
Du hast aber wirklich eine blühende Fantasie!
TÄTSCHEL
TÄTSCHEL
Hast sicher die ganze Zeit über deine Nase in ein Buch gesteckt.
Hier. Kümmer dich mal um die dreckige Wäsche.
Aber ich hab euch noch nicht erzählt, dass der Rat der Zauberer mich zum Heldenlehrling befördert hat, oder von meinem magischen Schwert, Blutschlitzer.

Das hören wir uns an, nachdem wir uns frisch gemacht haben.
Wie wir sehen, hast du deine kleinen Freunde zu Besuch?
Fühlt euch wie zu Hause.
Danke.
Die sind echt gebräunt.
Eindeutig.
Ich bin nur froh, dass alle nach ihren Abenteuern sicher daheim sind.
Warum erzählst du mir nicht mehr von deinem verlorenen Schatz, während ich die Wäsche wasche?

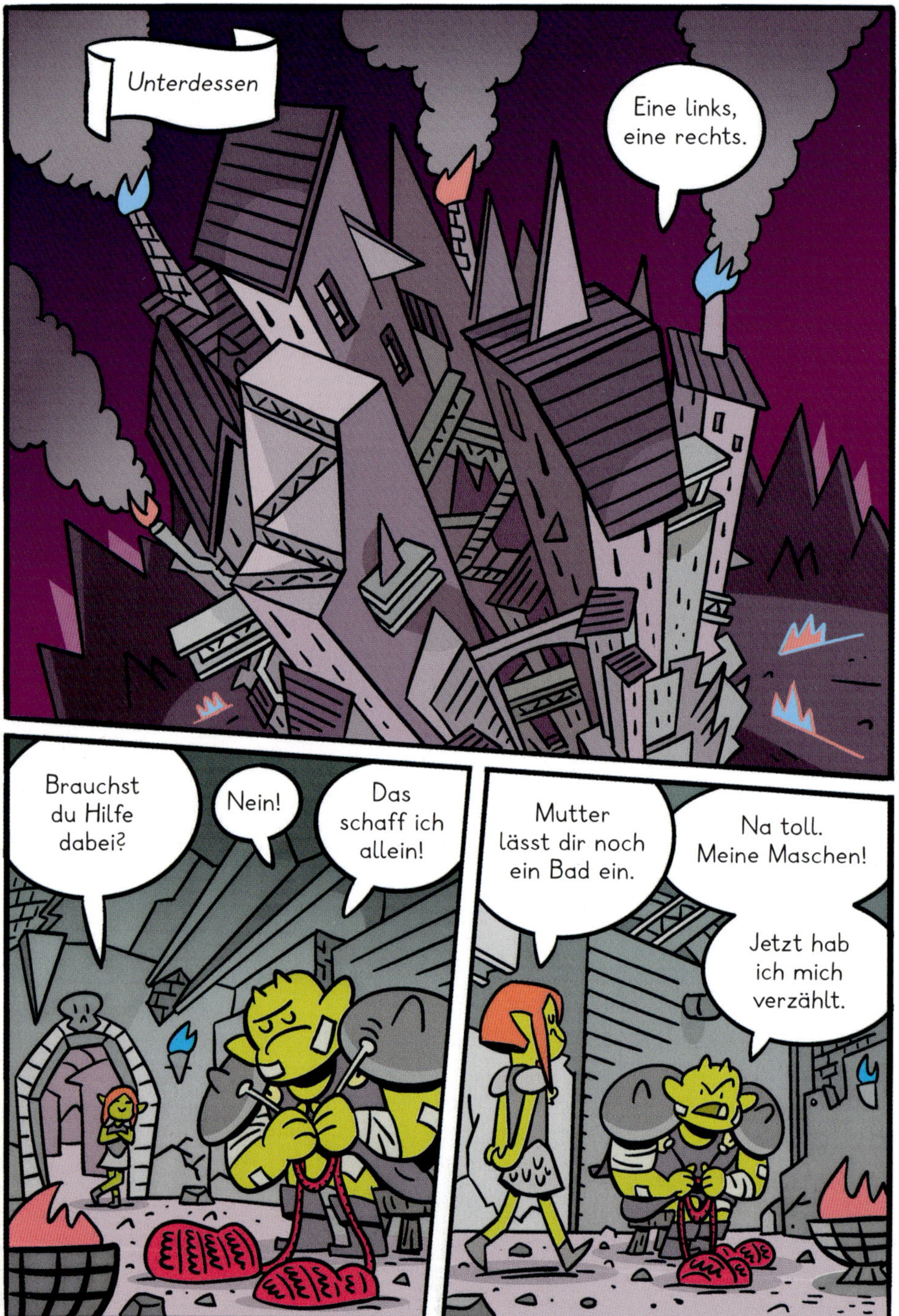
Unterdessen
Eine links, eine rechts.
Brauchst du Hilfe dabei?
Nein!
Das schaff ich allein!
Mutter lässt dir noch ein Bad ein.
Na toll. Meine Maschen!
Jetzt hab ich mich verzählt.

Du stinkst noch immer nach deinem Fall in die Teergrube.
Arghh.
Ich fang noch mal neu an.
Mutter hat ihre Scheuerbürste gefunden. Sie glaubt nicht, dass du dich hinter den Ohren wäschst.
Wer hat ihr das gesagt?
Diese Bürste hat Eisenborsten!
Wenn sie fragt, ich bin nicht hier.
Ich lüg doch unsere liebe Mutter nicht an.
Im Schrank schaut sie zuerst nach.
KLOPF
Bin nicht hier.

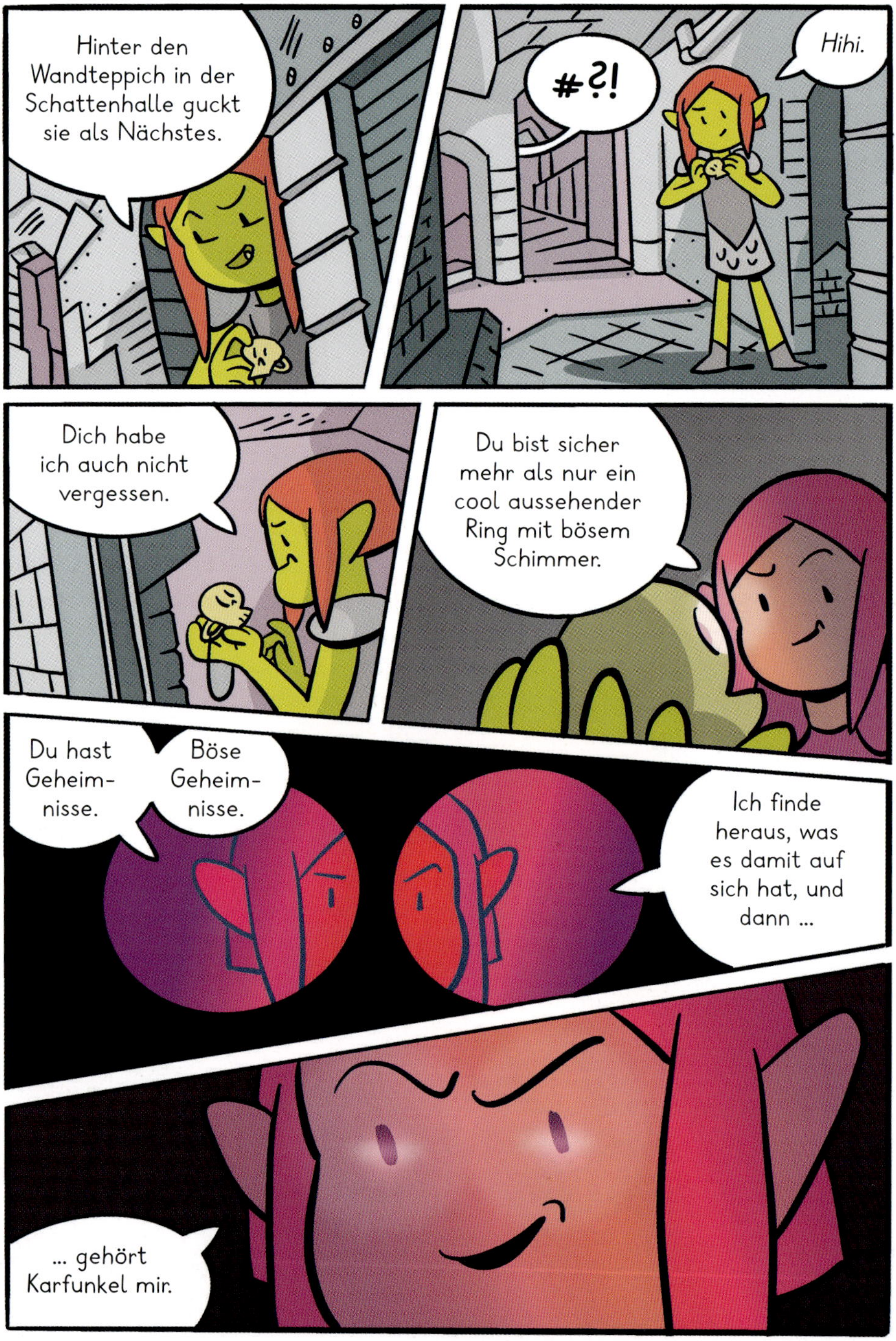
Hinter den Wandteppich in der Schattenhalle guckt sie als Nächstes.
#?!
Hihi.
Dich habe ich auch nicht vergessen.
Du bist sicher mehr als nur ein cool aussehender Ring mit bösem Schimmer.
Du hast Geheimnisse.
Böse Geheimnisse.
Ich finde heraus, was es damit auf sich hat, und dann …
… gehört Karfunkel mir.

plitsch
platsch
Nein, Mutter. Nicht versteckt.
Ich habe etwas unter dem Bett gesucht.
Wahhhh.

Ein Verlag in der Westermann-Gruppe

Die Originalausgabe erschien 2023 unter dem Titel »Punycorn«
bei Clarion Books, ein Imprint von HarperCollins Publishers, New York.

Published by Arrangement with Andrew Watson
c/o NEW LEAF LITERARY & MEDIA, INC. 110 West 40th Street,
Suite 2201, New York, NY 10018 USA

MIX
Papier | Fördert
gute Waldnutzung
FSC® C020056

1. Auflage 2025

Dieses Werk wurde vermittelt durch die
Literarische Agentur Thomas Schlück GmbH, 30161 Hannover
Aus dem Englischen von Jan Möller
Lektorat: Lisa-Marie Reuter
Umschlaggestaltung: Sora Kim, Juliane Lindemann

ISBN 978-3-401-60790-0

Besuche den Arena Verlag im Netz:
www.arena-verlag.de

Anna Ruhe / Max Meinzold

Ozeanis

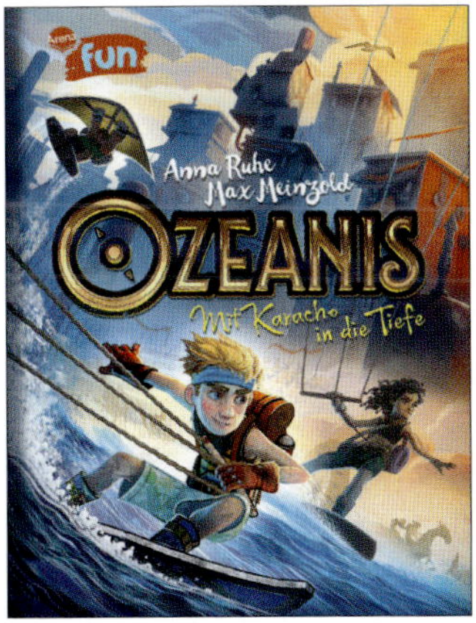

Mit Karacho in die Tiefe

Leevis Leben ist ein einziges Abenteuer. Zusammen mit seinen Freunden Kala und Emmo nimmt er an den verbotenen Ozeanis-Wettrennen teil. Auf ihren Speed-Glydern rasen sie durch tiefe Gewässer und verworrene Höhlenlabyrinthe. Dabei werden sie von drei weiteren Teams verfolgt, den Mechs, den Yellies und den Deep Riders. Und jedes von ihnen ist wild entschlossen, beim nächsten Rennen den Sieg einzufahren. Leevi tut alles, um seine Freunde nicht zu enttäuschen. Doch beim Rennen gerät er in die Untiefen Seelands, wo das gefährlichste Tier von allen schon auf Beute lauert …

Band 1
120 Seiten • Gebunden
ISBN 978-3-401-60625-5
Auch als Hörbuch
bei LEONINE erhältlich

Alex Gross / Claudia Gotthardt

Furchtlose Federviecher

Alarm auf der Hühnerfarm

In Rotzbach ist die Hühnerkacke am Dampfen! Chefhahn Hayo und seine Hühner Gäng (bestehend aus Superbrain Holly, Karate-Huhn Henriette und Spionage-Küken Klein Hilde) würden sich am liebsten die Federn raufen. Was ist denn nur mit den Menschen in ihrem Dorf los? Neuerdings laufen die herum wie aufgescheuchte Hühner. Das kann nur bedeuten … Rotzbach, das kleine Dorf irgendwo im Nirgendwo und Zuhause der berühmtesten, tollsten und klügsten Hühner-Gäng aller Zeiten, steckt in Schwierigkeiten. Die Hühner müssen etwas unternehmen und zwar schnell! Schließlich sind sie nicht umsonst die HÜHNER-GÄNG und bekämpfen gemeinsam jedes Verbrechen.

Band 1
136 Seiten • Gebunden
ISBN 978-3-401-60741-2
www.arena-verlag.de